उद्गार

उद्गार

लेखक
संजीव गर्ग

उद्गार

ISBN : 978-93-8022-251-6
मूल्य : 125
भारत में सन् 2015 में प्रकाशित
जेनेक्स्ट पब्लिकेशन,
ज्ञान कुंज, 5 मैन अंसारी रोड, दरियागंज
नई दिल्ली - 110002.
Phone : 9811692060
ई-मेल : gennext@hotmail.com
मुद्रित at: Isha Prints

पढ़ोगे जब मेरे द्वारा लिखी गई कविताओं को,
तो शायद आपको भी कुछ बीते वर्ष याद आयेंगे,
चेहरे पर कभी इक मुस्कान होगी,
तो शायद थोड़ा बहुत रूलायेंगे।

लगता है मुझे जीवन एक रंगमंच,
हम सबको कई किरदार निभाने होंगे,
कुछ किरदारों में दिखेगा बचपन का भोलापन,
और कुछ में सिर्फ बनावटी रिश्ते निभाने होंगे,
अपना ही स्वार्थ दिखेगा कुछ किरदारों में,
और कभी ये ही किरदार बुढ़ापे की मार भी झेलेंगे,
और याद आएगी फिर बचपन की, और सोचेंगे की,
फिर दुबारा कब एक ही आंगन में खेलेंगे।

पर वक्त तो गुजर चुका है,
और जो था कभी दिल में,
वो अब खो चुका है,
रंगमंच पर भी पर्दा अब गिरने ही वाला है,
वजूद जो है बस थोड़ा सा बाकी,
बस अब पवित्र अग्नि में मिलने वाला है।

संजीव गर्ग

माँ

माँ, लिखना चाहता था तेरे बारे में,
पर सही शब्द कभी भी नहीं ढूंढ़ पाया।

अभी लिखने के लिए कलम उठाई ही थी,
लेकिन तेरी अर्थी को अपने कंधे पर पाया।

शब्द जो मेरे जहन में आये थे,
भस्म होते देखा मैंने तेरी चिता की आग में।

कब कैसे और कहाँ तुझसे मिलूंगा फिर दुबारा,
अब तो बस खाली कलम ही है मेरे हाथ में।

संजीव गर्ग

I DEDICATE THIS BOOK TO MY FATHER, SH. B.S. GARG

It gives me immense pleasure to dedicate this short collection to my father Sh. B.S. Garg, who has been a piller of strength, willpower and perseverance.

At times I thought, I struggled a lot during early years of my career. But looking at him, it seems as if I went thru trivial rough patches; compared to his colossal strength and courage.

ACKNOWLEDGEMENT

Would like to express my sincere gratitude to my wife; Samta Jain, my elder brother Mr. Swadesh Kumar Garg and my Father In Law; Sh. Sudhir Jain for their valuable comments.

Also, like to thank Sh. B.S. Garg (My Father), my mother; late Bimla Garg, Umang Jain (Brother In Law), his wife Mrs. Priya Jain, Mrs. Usha Jain (Mother In Law), Mrs. Sudha Jain and Sharmila Jain (Sisters) for listening all poems patiently and encouraging me to get it published.

अनुक्रमणिका

दास्तां कुछ बारिश की बूंदों की

जब घिरता है आकाश घनघोर घटाओं से,
तो मानो लगता है, कि हो रही है एक लम्बे सफर की तैयारी।

यह दास्ताँ है कुछ बारिश की बूंदो की,
जिनकी एक ख्वाईश है बस धरती को छूने की।

नहीं परेशान होती ये रास्तो की रुकावटो से,
क्योंकि इनकी तमन्ना है बस हर पल को जीने की।

न डरती ये तुफानों से, ना ऊँचे पर्वतों से,
क्योंकि जस्बा है इनमें, इस मुश्किलों भरे सफर को जीने की।

सोचता हूँ मैं, कि कैसे ये इतना लम्बा सफर तैय कर के आती है,
और धरती पर जिन्दगी बिखेर कर ना जाने कहाँ चली जाती हैं।

गर्मियों में देती हैं ठंडक का एहसास,
सर्दियों में देती हैं अपने आगोश का एहसास,
बसंत में देती इस सुन्दर प्रकृति का एहसास,
और जब नहीं आती,
तों देती हैं एक बहुत बड़ी कमी का एहसास।

पल दो पल में भी जीती है बहुत सारे पल,
जब भटक जाती है तेज तुफानो में,
कुछ की तो साँसें टूट जाती हैं,
और कुछ फिर मिल जाती है इन फिजाओं में।

पता है कि पल भर में ही हो जाना है फना,
फिर भी जीती है अपने आखरी पल को भी पूरी शान से,
नहीं रखती अपने पलों का हिसाब,
और जीती है हर पल को जी जान से,
यह दास्ताँ है कुछ बारिश की बूंदों की।

मैं एक सोच हूँ

मैं एक सोच हूँ
ना कोई मेरा रूप है और नाही रहती हूँ किसी एक घर में,
मिलती है मुझे कुछ साँसें,
जब पाती हूँ अपने आपको कुछ ना बोले हुए शब्द में।

मैं ही वो, जो पहुँचाती है इन्सान को पर्वत के शिखर पर,
मैं ही वो, जो ले जाती है समय से पहले ईश्वर के घर पर।

मुझे कोई देख नहीं सकता, और शब्द ही मेरी पहचान हैं,
कुछ चेहरों पे खुशी लाती हूँ, कुछ हैरान परेशान है।

मुझे खुद को नहीं पता होता,
कि कैसे मुझे उलझे हुए शब्द मिल जाते हैं,
कसूर नहीं होता मेरा,
और दुश्मन भी बन जाते हैं।

गलत शब्द होते हैं,
पर नाम बदनाम होता है मेरा,
इन्सान को सजा मिलती है,
और वजूद खत्म हो जाता मेरा।

मेरी रुहु को मिलती है साँसे,
और इक इंसानी जिन्दगी ख़त्म हो जाती है,
मेरा क्या, मैं तो इक सोच हूँ,
मुझे कोई और नई मंजिल मिल जाती है।

सपनों की दुनियाँ

सपनों की दुनियाँ होती है बड़ी निराली,
बन जाती है जिन्दगी बहुत ही मतवाली,
सपने देते हैं इक नई दिशा,
और पल भर में ही बन जाती है,
जिन्दगी स्वादिष्ट पकवानों से भरी थाली।

रिम झिम बूंदो की तरह मन में सपने आते हैं,
कितने भी हों, मन में समा जाते हैं।
ना अपने होते हैं, ना पराये,
जब भी बुलाओ आ जाते हैं।

जैसे बसंत के मौसम में आसमान में बादल कभी भी छा जाते हैं,
पर ये तो किसी के मोहताज नहीं होते, किसी भी मौसम में आ जाते हैं,
जैसे बारिश की बूंदे देती हैं इक सूखे पर्वत को हरियाली,
सपने करते हैं चिंतारुपी झील को धीरे धीरे खाली।

इक मनमोहक झरने की तरह मन में भरते रहते हैं,
और मन भर जाता है तो रगों में, काल्पनिक खुशियों की तरह बहते रहते हैं।

ये सपने जिन्दगी को बहुत सारे इंद्र धनुष रंग देते हैं,
इक गहरे सागर की गहराइयो को नापने का मौका देते हैं,
डरते नहीं ये उफनती हुई नदी में रूकावटों से,
ये तो बस हर परिस्थिति में एक शांत जल धारा की तरह बहते रहते हैं।

इक गरीब की जिन्दगी को भी इक नया आयाम देते हैं,
इक आमिर के मन को और आराम देते हैं।

किसी के दुश्मन नहीं, ना किसी के दोस्त,
जो भी देखे, दिख जाते हैं,
और अगर कर्म में विश्वाश करो,
तो पूरे भी हो जाते हैं।

हकीकत से इनका छत्तीस का आंकड़ा होता है,
फिक्र नहीं करते इसकी,
क्योंकि मन ने इनको मजबूती से पकड़ा होता हैं।

खिल उठती है जिन्दगी,
जब ये पूरे होते हैं,
देते हैं इक और नजरिया,
जब अधूरे होते हैं।

देखा जब एक सपना

जब मन के मंदिर से इक सपना पैदा होता है,
इक झरने की हल्की सी पानी की बौछार जैसा होता है,
लिखता है इक कोरे कागज पे एक सतरंगी दुनिया,
एक प्यारे से एहसास जैसा होता है,
होती है कल्पना इक अनदेखे जीवन की,
फूलों की बहार जैसा होता है।

इस सृष्टि में हम सब सपने देखते हैं,
पूरा करने की ख्वाईश भी रखते हैं,
कुछ सपने खो जाते हैं जिंदगी की गलियाँ में,
पर कुछ को पूरा करने का जज्बा जिन्दा रहता हैं।

सपने पूरे करने के लिए कुछ राहो का साथ छोड़ना पड़ता है,
हकीकत से भी कुछ लम्हों के लिए दामन छोड़ना पड़ता है,
हकीकत हर पल आ कर इक दर्पण दिखलाती है,
रास्ते में मुसीबतों का जंगल बिखेर कर चली जाती है।

मिलती है सपनो को राह इसी जंगल के रास्ते से,
मिलती है एक फूलो की बस्ती भी इसी रास्ते पे,
तो ठानी मैने चलने को इस रास्ते पे,
शुरू शुरू में महसूस हुई कांटों की चुभन,
पैर लहुलुहान हुआ, पर ना तोड़ा सपनो ने दम।

चलते चलते बहुत दिन हो चुके थे,
रास्तो से वाकिफ नहीं था, पर ये अपने हो चुके थे,
हर अगले कदम पे हौसले बढ़ रहे थे,
मन में डर तो था, पर कदम बढ़ चुके थे।

चलते चलते मंजिल नजर आई,
उफनती हुई इक नदी भी नजर आई,
मंजिल तक पहुँचने के लिए बस नदी को पार करना था,
बैठ गया नदी के किनारे, कुछ तो मुझे करना था,
सोचा मैंने, कि कुछ पल रुक जाता हूँ,
कुछ ही समय की बात है,
उफान कम हो जायेगा,
लम्बा वक्त गुजर चुका है,
बचा है जो बाकी वो भी गुजर जायेगा।

बैठे बैठे आई अन्दर से मन की चेतना की आवाज, कि मैं तेरे साथ हूँ,
बहुत हिम्मत दिखाई तूने इन काँटों भरे रास्ते पर,
और मैं ही अब तेरा विश्वास हूँ,
अच्छी किस्मत है मेरी कि तेरे शरीर में रहती हूँ,
पायेगा तू अपनी मंजिल, विश्वास के साथ कहती हूँ।

एक खूबसूरत कल्पना

कल्पना की सीमा की कल्पना भी की नहीं जाती,
होती कोई सीमा, तो वो कल्पना नहीं कही जाती।

कल्पना करने पर अहसास होता है,
कि दबा हुआ है सोच का संसार,
जहाँ मिलता है एक खुशियाँ का बाजार।

इस बाजार में बिकती है बहुत सारी खुशियाँ, पर मिलता नहीं खरीदार,
मिलता नहीं कोई खरीदार क्योंकि लोग मसरूफ है पैसा कमाने में,
ये तो मुफ्त में ही मिल जाती है, पर लोगों को भाता है दूसरा ही बाजार।

कमी है कुछ वक्त की, कि गोता लगाए इस कल्पना के सागर में,
मोती मिलते है इस महासागर में,
कल्पना की अनुभूति रहती है मन में बहुत लम्बे वक्त तक,
पर सीमित रहती लोगों की सोच एक तलाब की तली तक।

जिन्दगी की रफ्तार है कुछ ज्यादा ही तेज,
लोग जेबों से लुटाते है रुपया पैसा, खरीदते है घर और कुर्सी मेज।

कैसी अजीब सी बात है, रूपयों से खरीदते है खुशियाँ,
जो कुछ ही पलो के लिए मन में रहती है,
पर कल्पना में तो बहती रहती है खुशियों की नदियां,
जो हमेशा मन में ही रहती है।

छोड़ो थोड़ी देर के लिए मोबाईल और टीवी का साथ,
गुजारो कुछ पल कल्पनाओं के साथ,
दुःख और गम का साथ छोड़ो,
और सोचो बस खुशियों की बात।

सोचो की बैठे हुए हो पर्वत के शिखर पर,
दिखता है एक फूलों का बाग पर्वत की तली पर,
फूलों की खुशबू से जहाँ महक रहा है,
शांति का झरना भी शरीर और मन में बह रहा है।

खुशबू जो दिखाई नहीं देती,
इस प्यारे अहसास के आगे रुपयों पैसों की चमक भी दिखाई नहीं देती,
महसूस होता है कि खुशबू शरीर में बह रही है,
हल्की ठण्डी हवा में फिर से जिंदगी जी रही है।

क्या रखा है ए.सी. की ठंडी और बासी हवा में,
जो बस बनावटी ठंडक का अहसास देती है,
ये खुली हवा तो ठंडक के साथ खुशबू का भी एहसास देती है।

पर्वत की कोमल घास अहसास देती है,
कि मानो बैठे हो फूलों की चादर पर,
खुले नीले आसमान से सूरज झांकता है,
कि जैसे बंद मुठ्ठी में नहीं संभलता रेत का सागर।

असल जिंदगी में तो ऐसा कुछ भी नहीं हो रहा है,
इन्सान तो बस कल्पना में जी रहा है,
एक कल्पना पर महसूस होता है,
जैसे हो रहा हो असलियत में ही सब कुछ,
मुकम्मल जहाँ तो किसी को भी नहीं मिलता,
गुजार लो कुछ खुशी के लम्हे तब तक।

बात सिर्फ कुछ वक्त जिंदगी के कोलाहल से अलग होने की है,
परेशानियाँ तो जिंदगी का हिस्सा है,
दरकार बस कुछ पल इनसे अलग हटने की है,
कोलाहल में जीते रहोगे तो मिलेगी सिर्फ दु:ख और बीमारी,
जियोगे कुछ पल कल्पना में तो मिलेंगी खुशियाँ बहुत सारी।

जब मिलता है शरीर पंचतत्वों में

मिटटी तो उठ जाती है घर से,
पर यादें दिलों में रहती हैं,
शरीर भी पंच तत्वों में मिल जाता है,
और अस्थिया भी गंगा में बहती है।

कैसी अजीब सी रचना की है परम परमात्मा ने,
बुलाता एक को है,
पर अपने भी चलते रहते हैं इस यात्रा में।

मौत एक को आती है,
और मरते हैं कुछ अपने भी साथ में,
शरीर में बस साँसे होती है,
और देखते रहते हैं किस्मत की लकीरों को अपने हाथ में।

जब मर चुका है एक इंसान,
तो क्यों नहीं चली जाती यादें भी उसके साथ,
जिन्दगी लगती है इक बोझ,
जब जीना पड़ता है अपनों को भी गम के साथ।

लगता है कि कोई सपना था,
सुबह हो गयी है माँ को भी नींद से उठना था,
बेटा माँ के कमरे में जाता है,
और माँ का बिस्तर भी नहीं दिख पाता है।

आँखें खुलती हैं बेटे की अब,
याद आता है कि चिता में अग्नी दी थी कब,
आँखों से आसू निकलते हैं,
यादों के झरनों में मिलते हैं।

वहीं जमीन पे बैठ जाता है,
माँ को अपने पास पाता है,
बेटा अपना हाथ बढ़ाता है,
पर अपने आसपास कुछ भी नहीं पाता है।

सिर्फ एक आभास था,
शरीर नहीं था पर माँ का घर में अभी भी वास था,
मिट्टी तो उठ जाती है घर से,
पर यादें दिलों में रहती हैं।

अन्तिम यात्रा

जब जाना पड़ा पहली बार किसी अपने की अन्तिम यात्र(में,
तो महसूस किया कुछ ऐसा जो ना किया था अभी तक की यात्रा में,
कंधे पर था अर्थी का एक हिस्सा,
अन्तर मन सोच रहा था कि मुझे भी बन जाना है
एक दिन ऐसा ही एक किस्सा।

मन की चेतना जागती है इन पलों में,
सुख दुःख की परिभाषा बदलती है इन लम्हों में,
सोचता है मन कि क्या रखा है रुपये पैसे और शोहरत में,
छोड़ना पड़ता है सब कुछ इन्हीं ग़लियों में।

थी इसमें भी साँसें जो लेटा हुआ है इस अर्थी पर,
ना महसूस किया उन साँसों को जब जी रहा था इस धरती पर,
जिन्दगी पूरी गुजारी पैसा जोड़ने में,
ना गुजारा इक भी पल अपने मन को टटोलने में।

सही समझते हुए भी मन कहता था कि कर रहा है गलत,
नहीं कभी भी सही फैसला लिया,
क्योंकि रिश्तों को देना था गलत मतलब।

अपना तो चला गया है पर जी अब भी रहा है,
अब भी अपनो के मन में,
कोई खुशी में रो रहा है तो कोई रो रहा है गम में।

जाने के बाद भी, ना छोड़ा लोगों का पीछा,
कुछ लोगों को मरने नहीं दिया,
और कुछ जिन्दगियों को बनाया एक लतीफा।

मृत्यु शय्या पे लेटा हुआ है,
ना कि किसी कोमल गद्दे पर,
वो कोमल गद्दे भी ना हो सके इसके,
पढ़े हुए वो भी घर के रस्ते पर।

आज इतनी लम्बी यात्रा पे निकला है,
ना है जेब में एक भी फूटी कोड़ी,
बदन पे इक जोड़ी कपड़े हैं,
वो भी मिट जायेंगे,
जब लगेगी चिता में आग थोड़ी।

नहीं सही मतलब पता कि क्यों सबसे
पहले कपाल को ही डंडे से तोड़ा जाता है,
लगता है मुझे ऐसा कि दुनिया में उत्पात,
ही सिर्फ इसकी वजह से होता है।

जब देखा शरीर को जलते हुए पवित्र अग्नि में,
तो अचानक ही आँख खुली,
समझ में आया,
कि था इक सपना और खिड़की मन की खुली।

बोध हुआ कुछ बातों का और सोचा,
अपने कर्मों की मोटी किताबों का,
जो बीत चुका है उसे तो बदला नहीं जा सकता है,
पर जो आने वाला है, उसे सही क्रम में बिठाया जा सकता है।

मेरे अपने

जो चेहरे हैं मेरे अपने, थे कितने करीब,
हैं अब भी कितने करीब, हैं अब भी मेरे अपने।

महसूस कर रहा हूँ, उन्हें अब भी अपनी साँसों में,
क्योंकि मेरी साँसों से ज्यादा, कुछ भी नहीं करीब।

कुछ ही पलों की दूरी ने एहसास दिलाया मुझे मेरी साँसों का,
कुछ ही पलों की बात हैं, फिर हो जाऊँगा उनके करीब।

सुलाता था जिस बेटे को हर रोज अपनी बाहों में,
सूलाया तो कल रात भी था, क्योंकि रहता है,
वो हर पल मेरी निगाहों में।

एहसास होते हुये भी नहीं होता जीवन संगनी का एहसास,
जरूरत नहीं पड़ती, क्योंकि रहती है वो इतने मेरे मन के पास।

मन और निगाहों में दोनों को साथ लेकर कल घर से निकला था,
अब भी मेरे साथ है, क्योंकि ये चेहरे हैं मेरे अपने, हैं इतने करीब।

कफ़न से ढक दिया चेहरे को

चुप रहा जिन्दगी भर, पर शब्द कुछ निकले,
जब रुहु को मेरी सांस आने लगी,
बातें कहनी थी बहुत ज्यादा,
पर अब जिन्दगी दूर जाने लगी।

निकलने लगे आँसू आँखों से,
और देखा अपने रिश्तो को अपने आस पास,
कहना तो वो भी बहुत कुछ चाहते थे, और पता नहीं क्यों,
नहीं कहीं उन्होंने अपने दिल की बात।

दिखा उन्हें कुछ मेरे आँसुओं में,
और भरे कुछ और आँसू मेरे आँखों के प्यालों में,
कुछ ने शायद देखी करुणा,
और कुछ ने देखी नफरत,
सोचने लगा मन ही मन ख्यालों में।

नफरत थी मेरे मन में भी कुछ लोगों के लिए,
पर कैसे बहाऊ इन आँसुओं को,
कि देखूं कुछ लोगों को पश्चाताप में रोते हुए।

शरीर में जान बस थोड़ी सी बची थी,
पर आँसुओं में बहुत वेग था,
देखा कुछ रिश्तों को,
माथे पर उनके शायद एक खुशी का तेज था।

साँसे तो अब ख़तम हो चुकी हैं,
पर आँसू रहेंगे अभी भी जिन्दा मेरी आँखों में,
कफ़न से ढक दिया चेहरे को भी,
पर बोलते रहेंगे ये हमेशा कुछ लोगों की रातों में।

ऐसा भी बल मत देना

दर्द निरंतर सहते जाऊं ऐसा भी बल मत देना,
टूट जाय ये किनारे ऐसे भी कुछ पल देना।

ना पढ़ जाय दर्द सहने की आदत, है इसका डर मुझे,
दर्द का एहसास ना खत्म हो जाय, इसलिए कोई फल देना।

दर्द सहने की हिम्मत है मुझमें, खुशी होती है ये जानकर,
खुशी होगी और भी ज्यादा, जब पहुँचुगा फिर दुबारा एक पहचान पर।

विश्वास है मुझे कि फिर एक पहचान बनाऊँगा,
और भी ज्यादा यश और धन कमाऊँगा,
कर्म पूरी शीद्दत के साथ कर रहा हूँ मैं,
तेरी लिखी हुई कलम से भी लड़ रहा हूँ मैं।

नहीं कहता कि तेरी कलम से जीत के दिखाऊँगा,
आखरी सांस तक तेरी कलम के आगे शीश नवाऊँगा,
कुछ ना कुछ तो मकसद होगा, जो लिख रहा है चिट्ठी ऐसी,
लिखे हुए हर शब्द में जिन्दगी ढूँढ़ के दिखाऊँगा।

कभी कभी मैं सोचता हूँ कि कुछ कहूँ

कभी कभी में सोचता हूँ कि मैं कुछ कहूँ,
फिर सोचता हूँ कि कहीं भावनाओं में ना बहूँ,
सोच और शब्दों का सही संतुलन बनाना चाहता हूँ,
बना नहीं पाता इस संतुलन को, और फिर सोचता हूँ कि चुप ही रहूँ।

चुप रहता हूँ, तो आँखें बोलना चालू कर देती है,
कुछ तो कह देती है आँखें भी, पर सही सन्दर्भ नहीं देती है।

मुश्किल में होती है जुबान, जब भी गहरी बात कहना चाहता हूँ,
शब्दों का ज्ञान पूरा होता है, पर सोच के भँवर में बहता रहता हूँ।

सोच शब्दों को कुछ और शब्द देना चाहती है,
और फिर जुबान एक और मुश्किल में पड़ जाती है।

चुप रह सकता हूँ मैं, पर जिन्दगी बहुत छोटी है,
कहने के अवसर बहुत मिलते है, और घुटन बढ़ी होती है।

शब्द मेरे हमेशा भावनाओं के लिबास में होते है,
भावनाए ज्यादा बाहर आती है, और शब्द कम होते हैं।

दिल की बात कहूं, तो वो भर चुका है अनकही बातों से,
रिसने के कगार पर है, और गूंजता है बहुत सारी कर्कश आवाजों से।

कह देता हूँ कहने में क्या जाता है,
रुक जाता हूँ बस, क्योंकि अपनों के लिए प्यार उमड़ आता है।

कुछ यादें परेशान कर रही हैं,
तो नई यादें बनाने की कोशिश में हूँ,
अतीत जो अभी तक साथ चल रहा है,
पर वर्तमान को खुशी से जीने की कोशिश में हूँ।

खुशी से जी भी रहा हूँ और नहीं भी,
जीवन की इस जटिलता को समझने की कोशिश में हूँ।

इन कोशिशों को नहीं छोड़ूँगा, है वादा अपने आप से,
इसीलिए इस जीवन रूपी समुंदर में कुछ मोती ढूँढने की कोशिश में हूँ।

मोतियों की थोड़ी सी चमक नजर आ रही, समुंदर की गहराईयों में,
बस एक आखिरी गोता लगाने की कोशिश में हूँ।

मेरे मन की बात

जब भी मैंने कुछ भी कहा,
पर मेरे अपनों ने कुछ और ही समझा,
कोशिशें बहुत की लब्जों को सँभालने की,
पर अपने अंतर मन का ना समझा।

बात सिर्फ लब्जों की होती तो शायद लोग सही समझते,
पर बोलती तो आंखें भी हैं, बस ये ही नहीं समझा।

कभी बात का सन्दर्भ ना समझा पाया,
तो कभी ना छुपा पाया माथे पे लकीरे,
लब्ज तो इक बालक भी बोल देता हैं,
बस यही फर्क नहीं समझा।

मन और शरीर का कष्ट आँखों के आँसुओं का मोहताज नहीं होता,
ये तो होठों की मुस्कान में भी दीख जाता है,
बस इस कला को नहीं समझा।

अंधे गूंगे और बहरे भी अपनी बात समझा देते हैं,
बात शायद इन्द्रियाँ के सही ताल मेल की हैं,
तो बनाया सही तालमेल मैंने,
और कही फिर वो बात,
सुनने वाले ने भी सुनी फिर दुबारा मेरी बात,
और कहा, के मूर्ख,
समझ तो गया था मैं पहली बार में ही,
बस ये बात तू ही नहीं समझा।

मिला इक सबक मुझे आज,
कि अपनों को कुछ कहने की जरूरत नहीं पड़ती,
चख लेते हैं वो तो घर की हवा का भी स्वाद,
और जान जाते हैं मेरे मन की बात,
और ये बात मैं बस आज ही समझा।

परमात्मा से मुलाकात

जब अपनी आखिरी सांस के बाद मिली एक नई सांस,
तो पाया अपने आपको परम परमात्मा के सामने,
मन में एक विचार आया,
कि अब जब मेरा अस्तित्व ही खत्म हो चुका है,
और अब मात्र एक शून्य के सामान हूँ,
तो मन किया एक जुर्रत करने को,

मन में सोचा, जिंदगी से बड़ी चीज तो कोई नहीं,
और जब वो भी ईश्वर ने ले ली,
तो और बचा क्या है मेरे पास देने को।

तो मैंने पूछा बड़ी ही विनम्रता से कि,
मेरे पाप और पुण्य का हिसाब तो बाद में करना,
पहले ये बता कि तूने क्यों बनाई इतनी बेढ़ंगी दुनियाँ,
क्यों दिए सुख और दुख,
क्यों बनाया एक को राजा और दूसरे को रंक,
क्यों दी एक को रोटी की भूख और दूसरे को यश की भूख,
क्यों दी एक को जीने की तमन्ना,
और दूसरे को मरने की ख्वाईश,
क्यों तूने दी इंसान को इर्ष्या और द्वेशभाव,
क्या मिलता है तुझे ये सब कुछ करने में।

ईश्वर ने कुछ देर तक मुझे देखा और मुस्कुराते हुये बोले,
कि तूने इतनी लम्बी जिन्दगी तूने नीचे गुजारी, बस इतना ही पूछना है,
इन सब जवाबों का जवाब तो तुझे नीचे ही मिल जाता,
अगर गुजारता कुछ पल सिर्फ और सिर्फ अपने ही साथ।

टटोलता अपने मन को, जिसमें ना तो कोई खुशी होती,
ना ही होता कोई गम, ना ही कोई ख्वाईश, ना ही कोई अभाव,
पर फिर भी मुझे खुशी है कि तूने ये सवाल पूछा,
मेरा जबाब सुनने के बाद कम से कम तू,
अपना अगला जनम तो ठीक से जीयेगा।

परमात्मा ने बोला कि मैंने तो सिर्फ दुनिया बनाई थी,
बेढ़ंगी तो तुमने बना दी,
मेरा काम तो जीवन देना है,
और वक्त पूरा होने पर जीवन वापस लेना,
मेरी सरपरस्ती में तो माँ की कोख में जीवन पनपता है,
और मेरी ही सरपरस्ती में ही इन्सान लेता है जीवन की आखरी सांस।

मैंने तो की थी एक सुन्दर इंसानी शरीर की रचना,
दिया था सोचने और समझने के लिए एक अमुल्य दिमाग।

ये तो तुम्हारे ही कर्मों के लेखे जोखे हैं,
जो भोग रहे हो तुम,
बदल दिए हैं तुम इंसानों ने सृष्टि के नियम,
अब तो मुझे भी तुम्हें अपने पास बुलाना नहीं पड़ता,
क्योंकि जिन्दा रहते हुए भी अपने कर्मों की वजह से,
एक ही दिन में मरते हो कितनी बार तुम,
और मुझसे हिसाब किताब करें बगैर ही धरती,
पर जिन्दा हो जाते हो बार बार! बार-बार तुम।

अब तो शायद मुझे भी कोई और काम ढूँढ़ना पड़ेगा,
क्योंकि बहुत गहरे हैं तुम्हारे कर्मों के सागर,
जीवन से मुक्ति देने के लिए ना मिलेगा मुझे तुमसे मिलने का मौका,
क्योंकि तुम तो बस धरती पर ही मरते रहोगे बार बार, बार-बार तुम।

आत्मा की आवाज

गाँवों को मैंने छोड़ा, पैसे कमाने के लिए,
नए रिश्तों के साथ नाता जोड़ा, अपनों जैसा प्यार पाने के लिए।

बनावटी खुशियाँ बांटता हूँ, कुछ अपने जैसों के साथ,
और ढूँढता रहता हूँ बेगानों की इस भीड़ में, कुछ अपनों को,
जिनको पता है मेरे दिल का हाल।

चेहरे तो बहुत दिखे, पर ना दिख पाया अपना कोई,
याद आई अपने गाँवों की, जहाँ पर है सर पर हाथ रखने वाला कोई।

याद आता है वो समय, जब माँ बड़े प्यार से खाना खिलाती थी,
जब पिता का हाथ पकड़ता था, और मंजिल भी नजर आती थी।

भाई खड़ा होता था हर मोड़ पे, कि कहीं छोटा रास्ता ना भटक जाए,
मैं भी पीछे पीछे चल देता था, कि कहीं गलत मंजिल ना मिल जाए।

अपने भी अकेले हैं गाँव में, उनकी भी सिसकने की आवाज सुनता हूँ,
मजबूर हूँ क्या करूं, इसीलिए अपनी आत्मा की आवाज भी नहीं सुनता हूँ।

आत्मा की आवाज नहीं सुनता,
पर यह दूरियां रहती हैं मेरे मन के बहुत ही नजदीक,
कुछ और समय की बात है, फिर आऊँगा,
आप लोगों के करीब।

देखने का अन्दाज

मेरे गले में माला भले ही छोटी है,
लेकिन माला में फूल सिर्फ गुलाब के ही रखते हैं।

ऊँचाईयाँ भले ही आसमान की ना छुई हो,
लेकिन जब चलना चालु करते हैं,
तो रास्ते की रुकावटों का हिसाब नहीं रखते हैं।

भले ही जिन्दगी एक फूलो की सेज ना हो,
पर काँटों की इस बस्ती में फूलों की खुशबू महसूस करने का,
अपना अन्दाज जिन्दा रखते हैं।

एक नया अंदाज, जिन्दगी में बदलाव ला सकता है,
बदलाव छोटा ही सही, पर चेहरे पे
हल्की सी मुस्कान तो ला ही सकता है।

जब खुशियों ने भरा आगोश में मुझे

ना छोड़ा मैंने खुशी का दामन उन दुःखी पलों में भी,
तब अलग ही एहसास हुआ उन दुःखी पलों का आज,
इन खुशी के पलों में भी।

इस एहसास का एहसास ना मिल पाता मुझे,
अगर ना छुपाता मन की बेचैनी उन गुजरे पलों में,
आज खुशियाँ हो रही हैं और भी खुश,
क्योंकि जिन्दा रखा था इन्हें गुजरे वक्त के पलों में भी।

आगोश में थी मेरे,
और आज इन्होंने मुझे अपने आगोश में भर लिया है,
यह तो एक जीने का नायाब तरीका है,
नहीं जियोगे इस तरीके से,
तो ऐहसास ना होगा इन खुशियों का,
आज इन खुशी के पलों में भी।

जब तक है जान जब तक है जहान

यूं ही जीता रहूँगा सांस के आखिरी कतरे तक,
और ना छोड़ूंगा जीना मैं,
वादा है जिन्दगी तुझसे,
कि हर सांस में भरपूर जिन्दगी जीऊँगा मैं,
जब तक है जान जब तक है जहान।

जिन्दगी की अँधेरी गलियों में जब कुछ नहीं दिखाई देगा,
आशा के दीपक से ढूंढूंगा मंजिल अपनी मैं,
किस्मत का लिखा तो नहीं बदल सकता,
पर चाल बदल दूंगा अपनी मैं,
जब तक है जान जब तक है जहान।

पल जब नहीं गुजारे जायेंगे,
तो दौड़ूँगा और भी ज्यादा तेज,
इन पलों को भी अपने साथ भगाऊंगा
और ना रूकूँगा मैं,
जब तक है जान जब तक है जहान।

जब पैसा नहीं होगा खर्च करने को,
तो खर्च करना चालू करूँगा अपने मन की शक्ति को मैं,
आशा नाम के घर में रहती है ये शक्ति,
न छोड़ूंगा इस घर को मैं,
जब तक है जान जब तक है जहान

जब इस घर का भी पता भूल जाऊँगा,
तो ईश्वर की शरण में आऊँगा,
नहीं मांगूंगा धन और एशो आराम,
मांगूंगा बस मन की शक्ति,
कि किस्मत भी हो जाए परेशान,
जब तक है जान जब तक है जहान।

एक मुलाकात जिंदगी से

अचानक ही चलते-चलते जब जिन्दगी से हुई मुलाकात,
तो उसने मुझसे पूछा की,
ये तो बता कि तुझे जाना कहाँ है,
क्यों समय के चक्र में घूमता जा रहा है,
और मंजिल को भूलता जा रहा है।

मैं ही तेरी धूप हूँ, मैं ही घटा हूँ,
मैं ही तेरी बारिश हूँ, मैं ही हूँ चांदनी रात,
मैं ही खिलता गुलाब हूँ, मैं ही हर मौसम हूँ,
मैं ही तेरी जिन्दगी हूँ, और मैं ही तेरी मंजिल हूँ,
और मैं ही हूँ दिन और रात।

मुझमें ही छुपे हैं तेरे खट्टे मीठे पल,
पर पता नहीं तुझे है किसकी तलाश।

चलता जा रहा हैं,
डगमगाता हुआ डोलता जा रहा हैं,
उल्टे सीधे कदम रखता जा रहा है,
और अब तो वह वक्त आ गया है,
कि मंजिल को भी है तेरी तलाश।

मैं हूँ,
पर मैं नहीं हूँ,
और जो मैं नहीं हूँ,
मैं वही हूँ,
पर फिर भी तुझे है किसकी तलाश।

मंजिल भी रह जाती है पीछे

महसूस करता हूँ हवा में खुशबू,
गुजरते हुए वक्त में,
उड़ता हूँ कल्पना की गति से,
और पाता हूँ इस खुबसूरत मौसम की गिरफ्त में।

देखता हूँ चारों तरफ घटाओ का नजारा,
हल्की सी पानी की बौछार, और घर जाते हुए पक्षियों का नजारा।

पक्षियों को जाते देखा तो अचानक मुझे भी घर की याद आई,
प्रक्रति की इन खुबसूरत फिजाओ ने, कुछ इनसे भी खुबसूरत रिश्तों की याद दिलाई।

रिश्ते भी प्रकृति के ही तरह होते हैं,
कभी धूप तो कभी छाव, और कभी गर्मी के थपेड़े भी होते हैं।

सर्दी की धूप भी बहुत समय तक नहीं भाती है,
आंधी भी आती है, और रिश्तों में दरार भी पड़ जाती है।

बारिश का मौसम दरारों को पानी से भर देता है,
गर्मी फिर आती है, और दरार दिखनी बंद हो जाती है।

नीचे झांक कर देखा तो, महसूस करा की आ गया हूँ बहुत ऊपर,
उड़ते उड़ते पंख थक चुके थे, और हवा ने कुछ कहा मुझको छुकर।

कहा उसने, क्यों सोचता है थकावट के बारे में,
अब रुक गया तो, कैसे भरेगा अमृत खाली प्यालो में।

मिलता है अमृत उनको जो थकावट में भी रफ्तार पकड़ते हैं,
जिन्दादिली से जो भागते हैं, और रास्ते की मुश्किलों से भी नहीं डरते हैं,
मंजिल भी पीछे रह जाती है, और कदम एक और नई मंजिल की तरफ बढ़ते हैं।

इक लम्बा वनवास

नहीं महसूस होती है सहनशीलता की सीमा,
जब खुशियाँ पार करती है अपनी हदों की सीमा।

खो जाता है खुशियों का भी एहसास,
जब होता है लम्बे समय तक आराम का आभास।

नहीं कहता मैं कि आराम की जरूरत नहीं हैं,
पर हदें जब पार होती हैं, तो लगता है आराम भी इक लम्बा वनवास।

शिथिल पड़ जाता है तन और मन,
जब लम्बे समय तक चलता है ये वनवास,
और इन्सान समझने लगता है कि जिन्दगी है,
बस यही एक एहसास।

पर एहसास बदलने में देर नहीं लगती,
और जिन्दगी बदलने में भी देर नहीं लगती।

एक लम्बे वनवास के बाद, जिन्दगी भी कदवट बदलती है,
किस्मत जो अभी तक नाराज थी, बदलती है।

लगता है ये जिन्दगी का स्वाद थोड़ा अजीब सा,
था सबकुछ जो बहुत दूर, अब कितना करीब था।

ना जीयो जिन्दगी को एक खौफ में

जब देखी ऐसी लगन गुजरते हुए इन लम्हों में,
तो मन करा, कि या तो मर जाऊं या जी लूं पूरी तरह।

लम्हें जो कि मोहताज थे लगन के,
अब समां गए है मेरी साँसों में पूरी तरह।

जिन्दगी जो गुजर रही थी बस साँसों के भरोसे,
अब जीता हूँ, हर एक सांस के कतरे को भी एक पूरी जिन्दगी की तरह।

लोग तो जिन्दगी को मौत के खौफ में ही जीते हैं,
लेकिन ये मौत का खौफ नहीं है,
ये तो जिन्दगी के ही एक खौफ में जिन्दगी जीते हैं।

खौफ तो मुझे भी है,
पर जब देखी ऐसी लगन इन गुजरते हुए लम्हों में,
तो मन करा,
क्यों नहीं जीऊँ इन एक एक लम्हों को भी एक भरपूर जिन्दगी की तरह।

प्रतिबिम्ब

आज यूं ही मन किया गुजारने का कुछ लम्हे अपने साथ,
और देखा अपने ही प्रतिबिम्ब को अपने पास,
प्रतिबिम्ब लगा कुछ अपने ही जैसा,
पर फिर भी ना हुआ पूरा भरोसा,
जब बात चालू की अपने ही प्रतिबिम्ब से,
तो पता चला की हैं कुछ बातें,
जो ना कह पाया था और गुजारी हजारों रातें।

बताया मेरे अकस ने, जिन्दगी जीना एक कोशिश है,
यादे समेट के रखना भी एक कोशिश है,
कुछ यादे भूलना ही सही होता है,
पर कुछ बिन कही बातें जब मन में वापस आती हैं,
तो, उन बातों को सही मतलब देना भी एक कोशिश है।

बीते हुये वक्त में कुछ बिन कही बातें,
शायद दे सकती हैं रिश्तों को नया आयाम,
एक सही परिभाषा और भाषा दे सकती नया पैगाम।

समझ में आई अपने प्रतिबिम्ब की कुछ बात,
और ना देखा दिन और रात,
बैठा अपनों के साथ,
बुनी शब्दों की लड़ियाँ,
पिरोया शब्दों को सही अल्फाजों में,
दिया एक नया मतलब,
और गोता लगाया अपनों के जज्बातों में।

अपने जो एक अलग ही विचार धारा में जी रहे थे,
आँसूओं के सागर पी रहे थे,
सागर अब खत्म होने वाला ही था,
पर मन में अब भी थोड़ा अँधेरा, थोड़ा सा उजाला था।

वक्त की इस धुंध में मिला उन्हें एक इन्सान,
लगा पहचाना सा चेहरा, कि थी शायद बरसों से उससे पहचान,
पास आने पर देखा एक दर्पण को,
दर्पण में झांक के देखा तो दिखा अपने जैसा ही चेहरा,
धुंध हट गयी और हुआ एक नया सवेरा।

पहचान होते हुए भी कितनी दूरियां थी,
नजदीक आने की भी कुछ मजबूरियाँ,
समझता था जिनको मैं मजबूरियाँ,
नजदीक ला रही थी दूरियाँ।

मजबूरियां ना थी वो,
थी रिश्तों की मेरी अपनी परिभाषा,
बदल गयी आज वो, जब बदली मैंने अपनी भाषा।

आज फिर दुबारा मन किया कुछ वक्त अपने साथ गुजारने का,
पर ना दिखाई दिया प्रतिबिम्ब दुबारा,
सोच में पड़ कहाँ गया बेचारा।

आई अन्दर से एक अवाज,
ना हुआ फिर भी आभास,
प्रतिबिम्ब ने थोड़ा जोर से बोला,
ना महसूस कर खुद को अकेला।

विलीन हो गया मैं समय के गर्भ में अब,
क्योंकि पुरानी रिश्तों की परिभाषा तूने तोड़ दी अब।

तालमेल जब भी खराब होगा कभी,
फिर मिल जाऊँगा किसी गली में तभी।

विचारों की करवटें

कोशिश करता हूँ कि बात होठों तक ना आ जाए,
बातों का समुंदर भर जाता है आँखों में, डर है कि बाहर न निकल जाए।

होठों का संभालता हूँ, तो आँखें रिसने लगती हैं,
आँखों को संभालता हूँ तो जबान फिसलने लगती है,
संतुलन बनाना चाहता हूँ, पर बात कहनी जरूरी है,
पर कुछ पल रूक जाता हूँ, इतनी भी क्या मजबूरी है।

कुछ और पल रूक गया तो बात का संदर्भ बदल जायेगा।
मुश्किल में पाता हूँ अपने आपको, क्योंकि बात का मतलब बदल जाएगा।

किस्से कहनी है ये बातें, इसका भी पता नहीं हे मुझे,
बहती हुई आंधियों जैसी है ये बातें, पता नहीं कब रुख बदल जायेगा।

रुख बदल जाएगा तो पता नहीं किसको सुनाई देंगी ये बातें,
मुश्किल में होगा वो इन्सान भी, और कुछ भी नहीं समझ पायेगा

फिर लगता है कि शायद बात तो कुछ भी नहीं है,
विचारों की अपनी करवटे हैं, असल में और कुछ भी नहीं है।

इसलिए दिल में रखता हूँ,
कोशिश करता हूँ होठों तक न आए ये बातें।

दो कोमल फूल

जब जन्म हुआ दो कोमल से फूलों का,
एक खुशहाल परिवार में,
तब भी पूरी खुशी ना महसूस कर पाए
इतने लम्बे इन्तजार में।

दोनों माँ बाप गिनते रहते हैं फूलों की पंखुड़ियां,
पंखुड़ियों नहीं खिली अभी भी पूरी,
और मन कहता है, होगी कमी ये कैसे पूरी।

फूलों की खुशबू से अभी भी नहीं महका है इनका बगीचा,
और सोचते रहते हैं कि क्या होगा नतीजा?

मम्मी पापा तो अपने मन की बात कह देते हैं,
पर दोनों फूल बस मन में सोचते रहते हैं।

सोचते हुए मन ही मन में कहते हैं,
फिक्र ना करो मम्मी पापा,
हमारा मन समझाता हैं तुम्हारे मन की भाषा।

हमें थी तुम्हारे प्यार की जरूरत,
देखनी थी तुम्हारी जो सूरत।

पैदा होना पड़ा हमें वक्त से पहले,
पर नहीं महसूस करते बिल्कुल अकेले।

मत दुःखी हो देख कर,
कि हम थोड़े से कमजोर हैं,
हो जाएगा सब कुछ ठीक,
बस गुजरते वक्त का जोर हैं।

खुशबू हमारी है थोड़ी कम, महका देंगे,
बस दो थोड़े और दिन।

ना दुखी हो देख के हमारा कोमल सा शरीर,
भर जाएगा, वो दिन हैं बहुत करीब।

हिम्मत रखी हुई हैं हमने इतने छोटे हुए भी,
ना टूटो इतना, महसूस करते हैं तुमको रोते हुए भी।

वादा करते हैं तुमसे,
बढ़े होंगे तुम्हारी ही सरपरस्ती में,
कुछ ही दिनों की तो बात हैं,
और खेलेंगे तुम्हारी ही बस्ती में।

कह दो दादा दादी से भी,
कि ना घबराये इतना,
उनकी गोद में खेलना है,
जैसे होता है अंगूठी में नगीना।

पूरे करना सारे रस्मो रिवाजों को,
बुआ फूफा के जज्बातों को,
कि शब्द ना मिले उनके अल्फाजों को।

जीना है फिर दुबारा अपना बचपन

जब देखा पहली बार आज बेटे को कटोरी से दूध पीते हुए,
आई इक मुस्कुराहट देख, उसको दूध की चुस्कियां लेते हुए।

सपनों में जीता था इन पलों को,
ओर इन सपनों को तो सच होना ही था
पलों को जिन्दा रखा हुआ था अपने दिल में,
इसी सुख के लिए तो जीना था।

देखा आज पहली बार मैंने,
जब बेटा अजीब से मुंह बना रहा था,
दूध पीते हुए गैस के बाण चला रहा था,
खरगोश की तरह लेटा हुआ था,
और मन में मेरे सतरंगी धनुष बना रहा था।

कुछ पल ऐसे होते हैं जिनको शब्दों में बयाँ करना मुश्किल होता है,
खुशी के सागर बहते हैं, मन को संभालना मुश्किल होता है,
डर लगता है कि कही मेरी ही नजर ना लग जाए,
पर दुःख में ही हमेशा रहना मुश्किल होता है।

मन करता है इस खुशी को कुछ अल्फाज देने का,
अपने प्यारे से फूलों को कुछ जज्बात देने का,
अल्फाज तो बहुत से मन में आते हैं,
और मेरी खुशी को समझ नहीं पाते हैं।

वादा करता हूँ कि जिन्दगी की राहें चलूँगा तुम्हारे कदमों के साथ,
कही कोई पल ना छुट जाए, हमेशा रहूँगा तुम्हारे साथ,
जिऊँगा अपना बचपन जो आज मुझे याद नहीं हैं,
सीखूंगा वो भोलापन जो आज किसी के पास नहीं हैं।

जीने की वजह

देखा ईश्वर की मर्जी को, की प्यासा है,
एक पिता बच्चों को बांहों में भरने को।

माँ की ममता प्यासी हैं,
और रोक रही है बहने से,
आँखों के झरने को।

पिता फिर से देखना चाहता है,
कि बचपन कैसा होता है,
ईश्वर की मर्जी है,
और सब कुछ सहना होता है।

माँ की ममता मिलती हैं,
बच्चों को मिनटों के हिसाब से,
ये भी उसी मालिक की मर्जी हैं,
हर वक्त को जीना होता है।

ये सब कुछ उसी के इशारे पे हो रहा है,
मर्जी ईश्वर की है,
इसलिए जो भी हो रहा है,
ठीक ही हो रहा है।

गुजारना है ये वक्त,
खुशी से या रोके,
रोने की वजह है,
खुशी की भी वजह है,
वजह चुनना तुम्हारे हाथ में,
सही वजह समझना ही जीवन होता है।

तुम्हारे पास तो दोनों ही वजह है,
देखो उन लोगों को,
जिनको बगैर वजह ही जीवन जीना होता है।

सोच सकते हो कि क्यों हुआ तुम्हारे ही साथ,
सोच ये भी सकते हो कि ईश्वर की ही तो मर्जी है,
कि अभी भी दो बच्चों ने थामा हुआ है तुम्हारा हाथ।

झुल्सा देने वाली गर्मी में जो इन्सान तपती हुई सड़क पर चलता है,
शरीर की नहीं अपने मन की शक्ति से आगे बढ़ता हैं।

सबको अपने हिस्से की धूप और छाया गुजारनी पड़ती है,
ये तो है एक रंगमंच है, कुछ रातें जग के भी गुजारनी पड़ती हैं।

मन की शक्ति में होता है ईश्वर का वास
ना छोड़ मन की शक्ति को,
वो है हमेशा तेरे साथ।

मंजिल को है मेरी तलाश

जब भागने का शौक लगा था,
ना सोचा था किसी भी मंजिल के बारे में,
भागता हूँ आज भी मैं,
सोचता नहीं अभी भी किसी मंजिल के बारे में।

भागते भागते सुनता हूँ,
कि जैसे पुकार रहा है कोई पीछे से मुझे,
पीछे मुड़कर नहीं देखता कभी भी,
कि क्या सोचेगा संजीव मेरे बारे में।

पर क्या करना है ये सोचकर,
कि मुझे किस मंजिल की तालाश है,
सोचना तो यह मंजिल को है,
शायद उसी को मेरी तालाश है।

पहली जीत का एहसास

सुबह सुबह नर्म और निर्मल सूरज से आँखें मिलाना अच्छा लगता है,
गुजारता हूँ कुछ अमूल्य पल,
क्योंकि ये नजारा बहुत ही पवित्र लगता है।

कुछ पल की कशमकश होती है,
जब उठना पड़ता है सुबह सुबह,
मन तो जाग जाता है,
पर अपने शरीर के आलस से लड़ना बहुत ही अच्छा लगता है।

आखिर हारना पड़ता है आलस को भी,
और सुबह की इस पहली जीत का एहसास बहुत अच्छा लगता है।

चेतना की आवाज

कैसी हे ये परीक्षा, ना जरूरत है कलम की, और ना ही कागज की,
बात तो बस मन की शक्ति की, और इच्छा है बस शरीर की इबादत की।

इतने वर्ष बीत गए, ना कभी सुनी अपने शरीर की आवाज,
कहती थी बहुत हो चुका, क्यों नहीं छोड़ता मुलायम गद्‌दों का साथ।

करता है उंगलियों का इस्तमाल बस रुपया गिनने में,
और चलता है बस कुछ ही कदम गाड़ी चढ़ने में,
दिल की धडकने बढ़ जाती है जब चलना पड़ता है बस थोड़ा सा भी तेज,
शरीर निढाल हो जाता है दो जीने चढ़ने में।

शरीर तेरा कितना मजबूत है, नहीं है जरा सा भी आभास तुझे,
निकल एक बार घर से बाहर, कुछ तो समझ में आएगा तुझे।

परीक्षा का क्या फल होगा, ये तो वक्त ही बतायेगा,
अपने ऊपर विश्वास है मुझे, शायद यही काम आएगा।

देखूँगा अपने आप को लोगों की भीड़ में,
गोते लगाऊंगा पूरी हिम्मत के साथ माथे के पसीनो की झील में।

पता है मुझे, कि वक्त तो वो भी आएगा, जब हिम्मत जवाब देगी,
शरीर का दर्द एक बड़ा इम्तिहान लेगी।

मन ही मन पूछूँगा अपनी चेतना से, कि क्या करूं मैं अब,
चेतना मेरी बोलेगी, कि आज नहीं तो फिर कब?
मिलेंगे कुछ कतरे हिम्मत के मुझे,
काफी होंगे ये कतरे, और मंजिल पे पहुँचाएंगे मुझे।

मंजिल पर जब पहुँचुगा, तो कुछ बीते साल याद आयेंगे,
जब शुरुआत की थी एक नए अध्याय की,
और मेरे पहले कदम की याद दिलाएंगे।

झिझक थी पहला कदम चलने में,
और सपने थे थोड़े कठिन,
मेरी जीवनसंगिनी ने बढ़ाई मेरी हिम्मत,
तब हुआ अपने आप पर थोड़ा यकीन।

ध्यान रखा हर चीज का उसने,
क्योंकि मेरे सपने थे उसके अपने,
भागूँगा मैं अपने कदमों के साथ,
और होगी जीवनसंगिनी की हिम्मत मेरे साथ।

प्रकृति का निखार

शुरू करी थी जिन्दगी,
और फैसला किया कि बहुत सारा पैसा कमाना है,
नौकरी में तरक्की, बहुत महंगे कपड़े,
क्योंकि बस इनका ही तो जमाना है।

चलते चलते महसूस किया कि कुछ ना कुछ तो छुट रहा है,
जेब भर रही, नाम हो रहा है,
पर मेरा अपना शरीर मुझसे रूठ रहा है।

रूठे हुए शरीर को तो मनाना था,
जीवनशैली में कुछ तो बदलाव लाना था।

महसूस करा की शरीर में बहुत सारे अंग हैं,
जिनका आभास नहीं था मुझे,
लैपटॉप पे बस उंगलियाँ चलाता था,
और तेज चलना नहीं भाता था मुझे।

निकला एक दिन सुबह सुबह घर से बाहर,
और महसूस किया प्रकृति का निखार।

निखार कुछ ऐसा पसन्द आया,
और इस भागने की लत को आज तक नहीं छोड़ पाया।

या तो आज या फिर कभी नहीं

आभास था मुझे, की शरीर के दर्द से तो गुजरना पड़ेगा,
फिर भी प्रतियोगिता में भाग लिया, क्योंकि कुछ पाने के लिए कुछ तो करना पड़ेगा।

क्षण तो कुछ ऐसे भी आये थे,
की जब दर्द धीरे-धीरे मेरी सहने की क्षमता के पार हो गया,
कुछ तो मुझे करना था,
कि कहीं मंजिल मेरे लिए एक लम्बा इंतजार ना हो जाए।

दर्द केवल शरीर का था, पर मन अभी भी तरो ताजा था,
रफ्तार थोड़ी कम की, क्योंकि वक्त का यही तकाजा था।

शरीर पसीने से भीगा हुआ था,
पर दिल की धड़कन अभी भी एक मधुर संगीत की तरह ही थी,
पांच किलोमीटर अभी बाकी थे,
और वापस मुड़ने की इतनी भी मजबूरी ना थी।

या तो करना है आज, या फिर कभी नहीं,
सोलह किलोमीटर तो आ चुका हूँ, मन में सोचा, कि मंजिर भी अब ज्यादा दूर नहीं।

अपने मन की आँखों से मैंने देखा कि मंजिल पे पहुँच गया हूँ,
और लोग तालियाँ बजा रहे हैं,
शरीर में एक सिहरन दौड़ी, और देखा,
पैर अपने आप उठते जा रहे हैं।

अपने मन की शक्ति से फिर दौड़ना चालू किया,
और दर्द को विनम्रता और बड़े स्नेह से दिल से गले लगाया,
मंजिल भी नजर आई, और अपने आपको फिनिश लाईन के पार पाया।

जब मुझे जीवन समझ में आता है।

असल जीवन और दौड़ने में बहुत सारे लम्हे मिलते हैं,
खुशी और दर्द के लम्हे दोनों में ही देखने को मिलते हैं।

जिन्दगी की मंजिल को मिलने में शायद बरसों लग जाते हैं,
लम्हे तो दौड़ने में भी ऐसे होते हैं, जिन्हें गुजरने में बरसों लग जाते हैं।

दौड़ने में शुरू के दस मिनट में, अपने आप से लड़ना होता है,
अपने ही शरीर के भार के साथ जो दौड़ना होता है,
बात है ये पहला कदम उठाने की,
बुरे वक्त में मन और शरीर की शक्ति बढ़ाने की।

कमजोर मन पहला कदम उठाने नहीं देता,
और अगर कदम कभी कभी उठ भी जाता है, पर भागने नहीं देता।

मैं उठता हूँ सुबह सुबह और निकलता हूँ एक सड़क पर,
बंद करता हूँ परेशानियों को एक डब्बे में बंद,
और चलना चालू करता हूँ जानी पहचानी एक डगर पर।

दस मिनट दौड़ने के बाद एक पसीने की बूँद जब कान के नीचे से आती है,
एक ठंड़ी हवा का झोका आता है, पल भर में ही सूख जाती है,
एक समय वो भी आता है, जब ठंडी हवा के झोके बहते रहते हैं,
और शरीर सुख नहीं पाता है, जब पसीने बहते रहते हैं।

सुबह सुबह दौड़ने से मुझे जीवन समझ में आता है,
कभी चढ़ाई तो कभी ढलान, जब दौड़ना आसान हो जाता है,
जब ढलान आती है तो जिन्दगी आसान हो जाती है,
और बहती हुई हवा मुझे भगाती है।

इस ढलान में, जिन्दगी की डोर मेरे हाथ में नहीं होती है,
भगाती हवा है, और मंजिल आसान होती है।

उल्टी हवा में भागने का अपना ही लुत्फ होता है,
हवा रोकना चाहती है मुझे, और मन मेरा जीत जाता है,
विपरीत हवा में भागना एक बुरे वक्त जैसा ही होता है,
हिम्मत जवाब दे देती है, और दर्द बहुत ज्यादा होता है।

परवाह नहीं करता मैं इस दर्द की भी,
दौड़ता रहता हूँ पूरी हिम्मत के साथ,
शरीर कहता है रुकने को,
और होता है अपने प्राणों का एहसास।

जब हर कदम पर बहुत हिम्मत जुटानी पड़ती है,
सिर्फ अगले कदम के बारे में सोचता हूँ,
और अपनी स्पीड बढ़ानी पड़ती है।

दौड़ता हूँ हर रोज एक ही रास्ते पर,
अनुभव रोज अलग अलग होते हैं।
कभी बारिश तो, कभी गर्मी के थपेड़े सहने होते हैं,
चढ़ाई पर दौड़ने से मन और तन कतराता है,
शरीर जवाब देने को होता है,
विपरीत हवाओं से शरीर घबराता है।

ये क्षण होते हैं, मेरी दौड़ का आखिरी हिस्सा,
सोचता हूँ, कि कल ना दुबारा बन जाये ये किस्सा,
मन ही मन बोलता हूँ, कि पार कर सकता हूँ इस चढ़ाई को भी,
हिम्मत सारी समेटता हूँ, और पार हो जाता हूँ इस कठिनाई से भी।

जब नहीं दौड़ता था,
तो दिन भर बहुत बार अपने आपको उठाना पड़ता था,
अब बस एक बार सुबह उठता हूँ,
पहले तो बहुत बार मन को जगाना पड़ता था।

जब सूरज को उठना पड़ा नींद से

रोज की तरह आज जब घर से बाहर कदम निकाला,
और आसमान की तरफ देखा तो दिखा,
की आज भी सूरज हर रोज की तरह,
बादलों को अपनी आगोश में लिए सो रहा था।

मैंने भी हर रोज की तरह उसके कानों को मरोड़ के कहा,
कि अब तो उठ जाओ, कब तक आलसियों की तरह सोते रहोगे।

क्षणिक भर के लिए जब सूरज ने अपनी आँखें खोली,
तो पल भर के लिए हुआ अहसास सुबह का,
और अगले ही पल करवट बदल कर सूरज फिर सो गया।

मेरी भी अपनी मजबूरी थी क्योंकि सूरज निकलने के बाद,
ही मुझे एहसास होता है अपने अन्दर प्राणों का।

अपनी उसी मजबूरी के वशीभूत होकर मैंने,
सूरज को इस बार झंझोड़ ही दिया और कहा,
कि अगर तू नहीं उठा तो कैसे चलेगी ये सृष्टि,
सूरज ने बस अपना थोड़ा सा मुँह बादलों के बाहर निकाला,
और कहा कि तुम इंसान चाहते हो सिर्फ मेरी मौजूदगी का एहसास, मेरा नहीं।

एक वक्त था जब मैं सुबह सुबह उठता था,
तो दिखती थी लोगों की भीड़ जो मेरी सुबह की ठंडक,
को अपने तन और मन में भरने को व्याकुल रहती थी,
महसूस करते थे मेरी सुबह की नरम रौशनी अपनी आँखों में,
एहसास करते थे कि मेरी ही वजह से ही,
रात का सन्नाटा दूर होता है।

तुम इंसानों के लिए ही मैं अपना तीव्र प्रकाश,
और तपस सुबह सुबह कोमल रखता हूँ,
मेरी भी अपनी मजबूरी है कि मैं सिर्फ तुम्हें,
सुबह का ही वक्त दे सकता हूँ।

तुम लोग तो एक जिन्दा लाश की तरह जी रहे हो,
एक ताबूत से निकल कर दूसरे ताबूत में पूरा दिन गुजारते हो,
और फिर शाम ढ़लते ही वापस अपने ताबूतों में कैद हो जाते हो।

एक जमाना था जब रोज सुबह लोग फिर एक नई जिन्दगी की शुरूआत करते थे,
सुबह सुबह उठते थे और मेरा कोमल सा एहसास अपने,
मन और तन में भरते थे।

समय की विडंबना देखो कि आज वो वक्त आ गया है कि,
तुम इन्सान अपने आप को खत्म करने में जुटे हुए हो,
जिन्दा रहते हुए भी ताबूतों में रहते हो,
खूब पैसा कमाते हो और, ताबूतों के पते बदलते रहते हो।

ताबूत में तो इन्सान अपनी आखरी सांस के,
बाद जाता है और तुम वो बदनसीब लोग हो,
जो अपनी सांसे भी ताबूत में ही ले रहे हो।

मुझे उठाने से पहले खुद उठो,
नहीं तो वो दिन दूर नहीं है कि यह धरती भर जाएगी लाशों से और
चार लोग भी नहीं बचेंगे कन्धा देने को,
अब भी वक्त है जाग जाओ,
अब भी वक्त है जाग जाओ।

पहुँचता है इंसान जब शून्य में

पहुँचता है इन्सान शून्य में,
जब गहरे ध्यान में होता है,
देखता है ब्रह्मांड का नजारा,
और एक अनोखा ज्ञान होता है।

ये यात्रा बड़ी अनोखी होती है,
शरीर से बाहर कुछ निकलता है,
और रफ्तार बहुत तेज होती है।

हर इक वो भोतिक सुख जो इन्सान पैसे से खरीदता है,
सब कुछ भूल जाता है, जब बादलों के उस पार कुछ दिखता है।

मात्र ऊर्जा है हमारे विचार, स्वाभिमान, और हमारा वजूद,
निकलता है इन्सान इनसे बाहर, और मिलता है इक अजीब सा सुख।

जैसे हम हैं, वैसे रह नहीं पाते,
मिल जाते हैं ईश्वर के रूप में, इक अंतहीन समय में,
और दिखता है इक ऐसा नजारा, जो हम वैसे नहीं देख पाते।

अपना अस्तित्व मात्र एक बिंदु बन जाता है,
और सूरज के प्रकाश में इसका भी अस्तित्व मिट जाता है,
ऊर्जा मात्र बनकर बहता है ये बिंदु सूरज के गर्भ में,
बाहर निकलता है जब सूरज के गर्भ से, तो एक ऊजाला होता है।

दिखता है कुछ,
जिसका कोई आकार नहीं है और ना ही कोई रूप,
ईश्वर ही हो सकता ये, जो नहीं दिखता,
पर देता है एक आत्मिक सुख।

शरीर और मन का संगम

दो ही चीजे ऐसी हैं जो सिर्फ और सिर्फ मैं अपने लिए ही करता हूँ,
सुबह सुबह जॉगिंग और शाम ढलने पर ध्यान करता हूँ।

कुछ समझ में आता है मुझे ये सब कुछ करने में,
चलता हूँ राहों पर, और मन रहता है कुछ बदलने में,
बिन बुलाए दर्द झेलता हूँ, जब सुबह सुबह दौड़ता हूँ,
आँखें बंद करता हूँ शाम को, और ब्रह्मांड को देखता हूँ।

ब्रह्मांड में देखता हूँ क्षितिज को, जो कि होता ही नहीं है,
खेलता हूँ तारों के संग, जहाँ कोई और खिलाड़ी नहीं है,
नीचे देखता हूँ, तो तली नहीं नजर आती,
ऊपर देखता हूँ, तो शुरुआत भी नहीं दीख पाती।

इस अंतहीन संसार में एहसास होता है मुझे अपने होने का,
इस सृष्टि की बहुमूल्य रचना का हिस्सा होने का,
महसूस करता हूँ कि मैं ही ब्रह्मांड हूँ,
मुझ में ही है सबकुछ, जबकि एक मामूली इन्सान हूँ।

अचानक ही महसूस होता है कि छोड़ आया हूँ
अपने शरीर को धरती पर एक फूलों के बाग में,
कल्पना की रफ्तार पकड़ता हूँ,
और विलीन हो जाता हूँ अपने संसार में।

फिर बदलता हूँ अपनी चाल को भी, जो बिगड़ जाती है,
दुनिया के साथ चलते हुए,
इस पिघले हुए सूरज में जब इक डुबकी लगाता हुँ,
और अपने मन को क्षीतीज के उस पार पाता हुँ।

महासागर में गोते लगाते हुए दिखता है एक प्रकाश का स्त्रोत,
प्रकाश ऐसा है, कि मानो सूरज का ही हो स्त्रोत,
प्रकाश में दिखाई देता है एक इन्सान दौड़ता हुआ,
शरीर के पसीने और मन की आशा को जोड़ता हुआ।

सुनाई देता है एक संगीत जो हर अंग से निकल रहा है,
शरीर भाग रहा है जैसे हवा में उड़ रहा है,
चेहरे पर एक अलौकिक प्रकाश है, जैसे सूरज दिख रहा है।

बात करी तो पता लगा कि है आदत पसीना बहाने की,
शरीर को मजबूत और आशा जगाने की,
खुशियाँ खरीदता है जब भी दौड़ता है,
मन को समझता है जब भी ध्यान करता है।

ध्यान में बैठने से मन में ठहराव आता है,
मन की दुर्गन्धिता निकलती है और शीतलता का आभास आता है।

कभी कभी मेरे दिल में ख्याल आता है

इन्सानों की इस दुनिया में अगर सपने कम होते, और हकीकत ज्यादा,
तन्हाईयाँ का शोर ना होता, और होता है वर्तमान का उल्लास ज्यादा,
रंजोगम की स्याही में खो जाती है हकीकत भी, जब होते हैं सपने कुछ ज्यादा,
कभी कभी मेरे दिल में ख्याल आता है।

सपनों की इस भीड़ में दिखता है बस सूरज जेसा प्रकाश,
आँखें चुन्धीया जाती हैं, और होता नहीं रास्तों का भी आभास,
कभी कभी मेरे दिल में ख्याल आता है।

परिस्थितियाँ देती हैं जन्म सपनों को,
कीमत चुकानी पड़ती है, छोड़ना भी पड़ता है कुछ अपनों को,
परिस्थितियाँ बदलती रहती हैं, इन्सान और नए सपने बुनता जाता है,
चलता रहता है ये सिलसिला, इन्सान मंजिल कभी भी नहीं पाता है,
कभी कभी मेरे दिल में ख्याल आता है।

क्षण भर को खुशियां

क्षंण भर के लिए ही खुशी एहसास करते हैं,
जब होता है एक सपना पूरा,
अगले ही पल सोचते हैं,
कि था ये सपना कितना अधूरा।

कहते हैं बड़ा गहरा है कुँआ, इन सपनों का,
पर इन पर भी है अधिकार कुछ अपनों का,
खुशियाँ सिर्फ सपने पूरे होने पर नहीं मिलती,
मिलती हैं ये जब भी, जब तू बाँटेगा दुःख कुछ अपनों का।

हटा ले अपनी नजर सपनो के इस कूंए से,
नहीं मिलता कुछ भी हमेशा सपनों में जीने से,
थक जाएगा एक दिन इस कुूए को खाली करते करते,
क्यों महरूम कर रहा इस जिन्दगी को जीने से।

खाली हो गई है ईश्वर की भी झोली तुझे देते देते,
पर अब भी नहीं भरी तेरी झोली इनको लेते लेते,
ठहर जा कुछ पल इन खुशियों के साथ,
और चल इनके साथ बस आराम से,
नहीं तो कोसता रहेगा अपनी किस्मत को हर पल रोते रोते।

जी इस खुशी को, मानो हो जिन्दगी की आखिरी खुशी,
क्या पता न मिल पाए दुबारा फिर कोई और खुशी,
और हो सकता है कि खुशियों के होते हुए भी ना मिले तुझे खुशी,
तो क्यों नहीं समझता की यही एक पल है,
जिसमें छुपी है जिन्दगी की सारी खुशी।

शुक्रगुजार हो उस ईश्वर का,
जिसने तेरी झोली में कुछ खुशियों डाली,
लोग तो ऐसे भी है जिनकी झोली है अब भी बिल्कुल खाली,
उस ईश्वर की सरपरस्ती,
खाली तेरे ही लिए नहीं हैं,
ना मजबूर कर उसको,
कि तुझे सुननी पड़े, उसकी भी गाली।

समय

क्या है समय, और कौन है इस का स्वामी,
समुन्दर की लहरों का शोर है, तो कभी एक शांत झील की कहानी।

गये थे केदार नाथ पर,
भोले नाथ के दर्शन के लिए,
लौटकर कभी भी ना आ पाये,
और छोड़ गए अपनों को जिन्दगी भर रोने के लिए।

समय कभी महावीर, तो कभी ईसा मसीह के इशारों पर चलता है,
ये ही वो समय है, जो कभी मोहम्मद की पनाह में भी पलता है।

कभी इन्सान धूप को तरसता है,
तो कभी इसी धूप में सावन भी बरसता है,
कभी गरूर में सर झुकता नहीं है,
तो मजबूरी में कभी भी उठता नहीं है।

कभी इंसानी कर्म बन जाते हैं समय के स्वामी,
और इन्सान को लगता है, की है वो एक ज्ञानी।

भूल हो जाती है ये ही समझने में,
क्योंकि ये भी उसी के हाथ में है,
जिसने लिखी है इस ब्रम्हांड की कहानी।

मिल जाती है कभी एक वृक्ष की भी छाया,
तो कभी एक वृक्ष का पत्ता भी ना दिख पाया,
कभी कहता है इन्सान, की ना देखूंगा मुड़कर मैं कभी,
कभी पाता है उसी जगह पर, जहाँ से चला था कभी।

कभी कभी फूल बरसते हैं,
तो कभी इन्सान को फूलों में ही रखते हैं,
कभी सोने का बिस्तर होता है,
तो कभी शरीर चिता की लकड़ीयों पर होता है।

लगती है ये एक महान यात्रा मुझे,
खुशी अश्रु, स्वेद, और रक्त, सभी इसी यात्रा में मिलते हैं,
सिर्फ गुजरते हुए परलोक का पता है,
बाकी तो समय के गर्भ में ही खिलते हैं।

करो प्रतिज्ञा की,
ना बैठोगे कभी,
ना रूकोगे कभी,
समय के साथ ही चलना है हमेशा,
समय होगा जब पूरा, बस रूकोगे तभी।

होने वाली है सुबह

सोचता है इन्सान की,
समय पर है पकड़ उसकी बहुत ही मजबूत,
देखता ही रह जाता है,
जब मिट जाता पल में ही उसका वजूद।

पल भर में ही जिन्दगी का दर्पण धुंधला हो जाता है,
इन्सान देखना चाहता है, पर कुछ नहीं दिख पाता है।

ये ही वो पल है,
जब मन की एकाग्रता की जरूरत होती है,
जिन्दगी सिखाना चाहती है हमें कुछ,
इसीलिए वो भी मजबूर होती है।

जब हर एक पल हमारी मन कि ताकत का इम्तिहान लेता है,
मत सोचो ऐसा, की हमने तो कभी भी सुख का एक पल भी नहीं देखा है।

जिन्दगी का दर्पण जो लग रहा है तुम्हें मैला,
देखो जरा ध्यान से, तुम्हारे ही मन का मैल है,
जो बना रहा है इसे और भी ज्यादा मैला,
दुखों की पुटली को रखों हमेशा अपने पास,
पर ना सोचो की बस ये ही है तुम्हारे पास।

जिन्दगी पूरी तरह से तो खराब नहीं हो सकती,
खुशियाँ बिल्कुल भी ना हो, ये बात भी नहीं हो सकती,
सोचो सिर्फ एक ही बात,
कि हर काली रात के बाद होती है,
एक सुबह की शुरूआत।

आएगी वो सुबह भी, बस कुछ समय की ही बात है,
और अगर कुछ समय की बात है,
तो फिर क्या घबराने की बात है।

कहां मिलती है खुशी

पूछा एक इन्सान ने मुझसे, कि कहाँ मिलती है खुशी,
कहा मैंने कि मिलती तो हर जगह है, तू बता, कि क्यों है तू इतना दुःखी।

कहा उसने, की हो गयी है मुद्दत, नहीं आती कोई अच्छी खबर,
प्रार्थना करता हूँ रोज ईश्वर से, कि थोड़ी कृपा मुझ पे भी कर।

कहा मैंने, क्यों परेशान कर रहा है ईश्वर को इतनी छोटी सी बात के लिए,
ये तो मन के सौदे हैं, रख बचा के अपनी प्रार्थना को किसी बड़ी बात के लिए।

खुशी तो हमेशा ही हमारे मन में रहती है,
रोज पता नहीं कितनी बार कान में कुछ कहती है।

मगर सुनता नहीं तुझे कुछ भी,
सुनता है तो बस, कि क्या नहीं है तेरे पास,
घुलता रहता है दिन भर,
क्योंकि इन्हीं चीजों ने पहना है तेरे जज्बातों का लिबास।

देख कुछ देर उन चीजों की तरफ जो परमात्मा ने तुझे दी है,
मिलेगी खुशी जरूर तुझे, लोग तो ऐसे भी हैं, जिसके पास ये भी नहीं है।

क्या है खुशी, सबका अपना अपना वर्णन है,
ख्वाइसे बहुत ज्यादा हैं, और यही बस एक दर्पण है।

इस दर्पण में तो खुशियाँ भी हैं, पर दिखाई नहीं देती,
जैसे कुंए में मेढ़क को बाहर की दुनिया दिखाई नहीं देती।

जो मिल चुका है, क्यों नहीं खुश हो सकता उनके बारे में,
बन जाएगी जिन्दगी एक बोझ,
और तरस जाएगा इक बूंद को भी जिन्दगी से भरे प्यालों में।

जिन चीजों पर आज खुश नहीं हो रहा,
नहीं खुश होगा जब भी, जब और दौलत मिल जाएगी,
खुशी का क्या है,
ये तो संजीव जैसे किसी इन्सान के मन मंदिर में अपना घर बनाएगी।

पहला कदम

बुरा जैसा कोई वक्त नहीं होता,
हमारे तरीके से नहीं चल रहा है, इसलिए अच्छा नहीं होता।

समझना जरूरी हे इस सच्चाई को,
जिन्दगी में कुछ पलों की तन्हाई को।

वक्त जो नहीं चल रहा हमारे हिसाब से,
और नहीं मेल खाता हमारी लिखी हुई किताब से।

लिखी हुई है हम सबने एक किताब,
हर पन्ने ने ओढ़ा हुआ बस खुशियों का लिबास।

पर असल जिन्दगी की कहानी कुछ और ही है,
कुछ लम्हों में खामोशी, और कुछ में खुशियों का शोर है।

मन को लुभाते हैं बस कुछ चटकीले से ही रंग,
नहीं समझते ये हम, कि बनते हैं चटकीले,
जब मिलते हैं कुछ गहरे काले रंग।

इस गहरे काले रंग से मन क्यों घबराता है,
काले रंग में ही आकाश सितारों से भर जाता है।

मंजिल पर जब पहुँचूगा, तो कुछ बीते साल याद आयेंगे,
जब शुरुआत की थी एक नए अध्याय की,
और मेरे पहले कदम की याद दिलायेंगे।

झिझक थी पहला कदम चलने में, और सपने थे थोड़े कठिन,
मेरी जीवन संगिनी ने बढ़ाई मेरी हिम्मत, तब हुआ अपने आप पे थोड़ा यकीन।

ध्यान रखा हर चीज का इसने,
क्योंकि मेरे सपने थे इसके अपने,
भागूँगा मैं अपने कदमों के साथ,
पर होगी जीवन संगिनी की हिम्मत मेरे साथ।

अजीब इत्तिफाक

अजीब इत्तिफाक होता है कि जब तरकश में तीर नहीं होते,
तकदीर तब भी मौका देती है कर्मभूमि में शौर्य दिखाने का,
ये भी एक अजीब इत्तिफाक होता है कि जब चलना भी नहीं आता,
तब भी तकदीर मौका देती है भागने का।

पर होती है तकदीर कभी कभी इतनी निराश,
जब तरकश में गुंजती है तीरों की आवाज,
और होती है बस एक इत्तिफाक की तलाश।

जब इंसान करता है उस इत्तिफाक की तलाश,
खुब मशक्कत करता है, कि ना टूट जाए जीने की आस,
जीने की आस टूट गई तो, इत्तिफाक का भी क्या करेगा,
सांसें तो होंगी, पर तिल तिल करके मरेगा।

हार जीत का संतुलन है, तभी तो इसको जीवन कहते हैं,
सोने के सिक्के मिल जाते हैं, पर लोहे की तिजोरी में गुंजते रहते हैं।

हो सकता है, कि सोने की तिजोरी भी कभी मिल जाए,
और जरूरत होगी बहुत ही ज्यादा,
पर शायद तिजोरी किसी भी चाबी से भी ना खुल पाए।
ये भी अजीब इत्तिफाक है। .....

अर्थी के फूल

रिश्ते भी फूलों की तरह ही होते हैं,
लगते हैं बहुत प्यारे, जब खुशबू से भरे होते हैं।

अर्थी के फूल भी खुशबू से भरे होते हैं।
पर ये फूल, सिर्फ मृत शरीर को सजाने के लिए होते हैं।

किस्मत है इन फूलों की, जिनको मंदिर में नहीं रखा जाता,
महकाते हैं सिर्फ मृत शरीर को, घर की तिजोरी में भी नहीं रखा जाता।

मन और अपने स्वार्थ की बात है,
फूल भी चुभते कांटों की तरह, बहुत गहरी ये बात है।

पड़े हुए हैं अर्थी पे ये फूल,
चाहते हैं कि कोइ हमें कुछ देर के लिए अपना ले,
हमें तो जलना है बस अग्नि में, कोई कुछ देर के लिए ही हमें सहलाले।

कुछ रिश्ते भी ऐसे ही फूलों की तरह होते हैं,
पर जरूरत है सहलाने की,
खुशबू से भर सकते हैं, जरूरत है इन्हें अपनाने की।

कभी किसी को मुकम्मल जहां नहीं मिलता

मुकम्मल जहाँ कभी किसी को नहीं मिलता,
फूल कभी भी इन्सान की मर्जी से नहीं खिलता,
खिलने में लेता है वह भी मुकम्मल वक्त,
तकदीर से ज्यादा और वक्त से पहले कभी किसी को कुछ नहीं मिलता।

समझाना पड़ता है मन को जब मुकम्मल जहाँ नहीं मिलता,
मुकम्मल जहाँ की तलाश में तो परम परमेश्वर भी है,
जब उसे ही नहीं मिला तो हमें कैसे मिलता।

मन की संतुष्टि और ताकत एक बहुत अहम् चीज हैं,
जिस पल ये खत्म होती है, एक पल सकून का भी नहीं मिलता।

इस जहाँ में ही तो छुपा है मुकम्मल जहाँ,
ये तो बस देखने का नजरिया है,
मानो तो यही मुकम्मल है, ना मानो तो कुछ भी नहीं दिखता।

जब खत्म होती है मन ही आशा,
तो बदल देते हैं हम मुक्कमल जहाँ की भी परिभाषा,
और वक्त वो भी आता है, बस रह जाती बस इक जहाँ की अभिलाषा।

जब रह जाती है बस इक जहाँ की अभिलाषा,
तो होती है जिन्दगी को समझने की जिज्ञासा,
जिज्ञासा बोध कराती है कुछ कड़वी सच्चाईयों का,
और इंसान फिर बदलता है मुकम्मल जहाँ की परिभाषा,
मुकम्मल जहाँ कभी किसी को नहीं मिलता।

जीवन की झलक

गुजरते हुए बुरे वक्त में कुछ पल पीछे देखना जरूरी होता है,
अहसास होता है उन खुशियाँ का, जिनको याद रखना जरूरी होता है,
मिलता है ज्ञान, इससे कि जिन्दगी इतनी भी बेकार नहीं गुजरी है,
और ये समझना बहुत जरूरी होता है।

जीवन का नियम निरंतर चलना होता है,
चलते हुए इक पैर कभी ऊपर तो कभी नीचे होता है,
निरंतर चलने में जीवन को भी थकावट देखनी पड़ती है,
कभी धूप और तो कभी छाओं भी देखनी पड़ती है।

चंचल मन को धूप ज्यादा भाती नहीं है,
पर किसान की फसल धूप के बगैर खिलखिलाती नहीं है,
अच्छा हो या बुरा, हर वक्त का जीवन ईश्वर ने तय किया हुआ है,
वक्त की पहली सांस और आखिरी पल के बीच ही,
जीवन दुःख और खुशी से भरा हुआ है।

दुःख और सुख की भी अलग अलग परिभाषाएँ हैं,
इन्सानों की अपनी अपनी भाषाएँ हैं,
बारिश तो हर इन्सान के लिए बारिश ही होती है,
पर किसी बेघर से पूछो,
तो कहता है कि सृष्टि भी उसकी तकदीर पर रोती है।

तो कैसे सुलझाएं इस गुत्थी को,
बंद हुई इस मुठ्ठी को,
आने वाला जीवन कैसा होगा, और जो चल रहा है वो कब वैसा होगा,
क्यों इतनी जल्दी है इस वक्त से बाहर निकलने की,
और इतनी जल्दी है किस्मत बदलने की,
चलने दो जैसा वक्त चल रहा है,
और विश्वास रखो की धीरे-धीरे कुछ ना कुछ बदल रहा है,
जैसा कल था, बिल्कुल वैसा आज नहीं है,
मन बनाओ की शायद, और बुरा होने की गुंजाइश नहीं है।

हर पल और हर दिन कुछ ना कुछ सिखाता है,
एक छोटा सा बच्चा भी धीरे धीरे बोलना सीख जाता है,
देखो इस छोटे से बच्चे को,
जो चलने की कोशिश करता है और बार-बार गिर जाता है।

मुझमें और एक छोटे से बच्चे में एक ही फर्क है,
चलना दोनों ही चाहते हैं पर बच्चे में जीवन की झलक है।

इस बात को अब मैं खत्म करना चाहता हूँ,
कि हारने पर ही मैं बहुत कुछ सीख जाता हूँ,
कितना सीखना हे इस वक्त से, ये मैं नहीं तय कर सकूँगा,
तय करना है ये ईश्वर को, समझ गया जिस दिन,
तभी पूरी तरह जी सकूँगा।

बीते पल वापस नहीं आते

जिन्दगी में बीते पल वापस नहीं आते,
यह बात तूने कल भी कही थी,
आज भी कह रहा है,
और कल भी कहेगा,
कितने वर्षों से यही बात दोहरा रहा हैं।

पर फिर भी नहीं समझ पा रहा है कि,
हर पल में छुपी जिन्दगी की रंगरलियाँ,
और जिन्दगी की खामोशियाँ,
जिन्दगी में बीते पल वापस नहीं आते।

खामोशियाँ हमें देती हैं सोचने का अवसर,
और रंगरलियाँ हमें देती हैं उस पल को जीने का अवसर,
एक बार खामोशियों में भी जीकर देख,
हर खामोशी में भी है कुछ पल,
जिनको तलाश है एक माझी की।

हर खामोशी में ये पल दस्तक देते हैं,
और फुसफुसाते हुए कहते हैं कि एक बार अपनाकर तो देख,
क्यों मुहँ लटका कर खड़ा है,
हमें एक बार जीकर तो देख,
जिन्दगी में बीते पल वापस नहीं आते।

हम ही वोह हैं, जो दिखायगे तुझे मुसीबत से निकालने का रास्ता,
मगर शर्त यह है की तुझे हमे भी जश्न के साथ जीना होगा,
जिन्दगी में बीते पल वापस नहीं आते।

हम तो वह पल हैं जो रंगरलियों में भी छुपे रहते हैं,
और इंतजार करते हैं कि जब मौसम का रंग बदलेगा,
और तू हमारे बारे में भी सोचेगा,
पर हमारी यह बदनसीबी है कि हमें कोई नहीं [illegible]ाना चाहता,
जिन्दगी में बीते पल वापस नहीं आते।

जिन्दगी की पहली साँस और आखरी साँस के बीच,
जिन्दगी अपने सारे रंग दिखाती हैं,
एक ही रंग की जिन्दगी लगेगी कितनी सुनी,
जिन्दगी में बीते पल वापस नहीं आते।

हम ही वो पल है जो जिन्दगी में बदलाव लाते हैं,
हम ही वो हैं जो दिखाएंगे तुझे मुसीबत से निकलने का रास्ता,
मगर शर्त यह है कि तुझे हमें भी जश्न के साथ जीना होगा,
हमें भी थोड़ा वक्त देगा होगा,
जिन्दगी में बीते पल वापस नहीं आते।

चलना पड़ेगा वर्तमान को ही

सड़क हो या जिन्दगी, सही दिशा दोनों में ही जरुरी है,
महत्वपूर्ण पड़ाव दोनों में ही आते हैं, कुछ पल रुकना भी जरुरी है।

रास्ते और लम्हे, दोनों में ही कुछ पल ऐसे भी आते हैं,
जब खुशबू का एहसास होता है,
चाल तेज हो जाती है, और जिन्दगी का आभास होता है।

जिन्दगी हमेशा ऐसी ही रहेगी, ये बात कुछ अजीब सी लगती है,
गुजरेगी सड़क एक जंगल के रास्ते से भी, जब जमीन पथरीली सी लगती है।

अगर रुक गये इस पथरीली सड़क पर,
तो सहनी पड़ेगी पथरीले पत्थरों की मार,
चलते रहोगे अगर इस कठिन डगर पर,
तो दिखेगी एक हसीन जिन्दगी जंगल के उस पार।

आने वाले लम्हों के ना तो अपने कदम होते हैं ओर ना ही कोई चाल,
चलना पड़ता है वर्तमान को ही, तभी पता लगता है कैसा है भविष्य का हाल।

वर्तमान नहीं चला, तो वर्तमान कभी भविष्य नहीं बनेगा,
अच्छा होगा या बुरा, पता कभी भी नहीं चलेगा।

पथरीली सड़क मन को ज्यादा भाती नहीं है,
मुश्किल भरी जिन्दगी भी दिल को ज्यादा लुभाती नहीं है,
पथरीली सड़क है या मन पथरीला है,
सोचने का नजरिया है हर इंसान का अपना ही,
इन लम्हों में खुशी है या गम, या ये कोई सपना ही।

हकीकत भी लगता है एक सपना,
और आँखें भी कभी सोती नहीं हैं,
सपना भी बन जाता है एक हकीकत,
और रात कभी होती नहीं है।

क्या कहना चाहता हूँ मैं,
ये समझाना जरुरी है,
जिन्दगी के इस घटनाक्रम में निरंतर चलना जरूरी है।

जो आने वाला है, उसके बारे में कुछ नहीं कहा जा सकता,
जो बीत चुका, उसको भुलाया जा सकता है,
और जो चल रहा है, वो?
वो तो वर्तमान है,
ये ही वो हैं, जो सबसे ज्यादा मूल्यवान है।

दर्द का अहसास

हर दर्द का अहसास जरूरी होता है,
खुशियों को पूरी तरह जीने के लिए।

दर्द कितना भी असहनीय हो जाए,
पर खुशी से सहन करना पड़ता है,
उन पलों को ठीक ढ़ंग से जीने के लिए।

दर्द के ये पल कितने ही लम्बे हो जाएँ,
पर इनको एक ना एक दिन जाना होता है,
खुशियों के लम्हों को रास्ता देने के लिए।

दर्द ही महसूस करवाता है हमें सहनशीलता का अनुभव,
तो मौका दिया है,
ईश्वर ने तुझे उस सहनशीलता का अनुभव खुशी से जीने के लिए।

ना इल्म था कि तू इतनी मजबूत निकलेगी,
कि हमने भी फिर से दुबारा कमर कस ली है,
अपनी असहनशीलता फिर दुबारा खुशी से जीने के लिए।

थोड़े से ही पल बचे हैं इस दर्द के तेरे पास,
तो क्यों नहीं समेट लेती इन्हें अपने आगोश में जिन्दगी का ये,
एक और इम्तिहान देने के लिए।

हर दर्द का अहसास जरूरी होता है,
खुशियों को पूरी तरह जीने के लिए।

गृहजाल

कुछ फूल हैं तो कुछ कांटे हैं,
जिन्दगी ने कुछ कुछ सभी को बाँटे हैं।

जिन्दगी कभी छाँओ तो कभी धूप है,
ये तो नियति के ही अनेक रूप हैं।

सोचते नहीं जब फूल कुछ ज्यादा ही मिल जाते हैं,
सोचते हैं बहुत ही ज्यादा जब फूलों के कांटे चुभ जाते हैं।

शायद है जिन्दगी इक घटनाक्रम,
ना कि हाथों की लकीरों का संगम।

अगर सभी कुछ पहले से ही तय होता,
तो इन्सान कर्म नहीं करता, बस हमेशा एक भय होता।

भय होता क्योंकि पता होता कि आने वाला है बुरा वक्त,
कर्म होते अर्थहीन, नहीं होता इनका कोई भी मतलब,
पहेली है बहुत जटिल,
क्योंकि मेरी अल्पबुद्धि नहीं समझ पा रही किस्मत का मतलब।

क्या है किस्मत और क्या गृह चाल है,
ये तो खुद इन्सान के बनाए वे गहरे जाल हैं।

कर्म करते हैं तो गलतियाँ भी होती हैं,
किस्मत का लिबास पहन लेते हैं कर्म, और आँखें भी नम होती हैं।

कुछ फूल हैं तो कुछ कांटे हैं,
जिन्दगी ने कुछ-कुछ सभी को बांटे हैं।

धीरज

जब देखे कुछ सपने, तो मन किया कुछ करने का,
खूब मेहनत की, क्योंकि जज्बा था सपने पूरा करने का।

मेहनत रंग लाई और हुआ एक सपना पूरा,
लगा फिर भी, कि है अभी भी है अधूरा।

फिक्र ना कर, और थोड़ा धीरज रख,
हो जाएगी मन की सारी मुरादे पूरी, तय करनी है बस कुछ और दूरी।

जब भी पैसा खर्च करे, तो मन में खुशी होनी चाहिए,
अगर खुशी नहीं महसूस होती, तो समझ ले,
कि इस खर्चे को थोड़ा सा इन्तजार और करना चाहिए।

जब देखे कुछ सपने,
तो मन किया कुछ करने का।

क्यों डरता है जिन्दगी जीने से

एक मुद्दत हो गई जब चला करते थे सूखे पत्तों पे,
सूखी घास पे,
गीली मिट्टी पे,
और सुना करते थे प्रकृति का संगीत,
दब गया है वो संगीत गगन चुम्बी इमारतों के बीच।

एक मुद्दत हो गई जब हवा में लहराती थी,
सोंधी मिट्टी की खुसबू,
अंगीठी पर फूलते हुए फुल्के की खुशबू,
चारों तरफ लहराती थी जिंदगी की महक।

गुम हो गयी हैं वो महक सड़क पर,
चलती हुई गाड़ियों के धुआँ के पीछे,
आज वो वक्त आ गया है कि अब तो,
अपनी आवाज भी नहीं सुनाई देती,
रात की खामोशियों में भी सुनाई देता है,
अपनी बनावटी महत्वाकांक्षाओं का कर्कश शोर।

अपने भारी अहम् को अपने साथ ढ़ोये जा रहे हैं,
रात की गहरी नींद में भी करवटें बदलते जा रहे हैं,
और मुर्दों की तरह इस जिंदगी को जीये जा रहे हैं,
थोड़ा थोड़ा जहर हर रोज पीये जा रहे हैं।

मरने के डर से तू रोज थोड़ी थोड़ी जिन्दगी जी रहा है,
ड़रता है तू भरपूर जिन्दगी जीने से,
कि कहीं लाशों की इस भीड़ को तेरी असलियत पता न लग जाय,
एक दिन बन जाना है हम सबको राख का ढ़ेर,
तो फिर क्यों डरता है जिन्दगी जीने से।

जीना है तो जी हर एक सांस को,
नहीं तो क्या फायदा है,
थोड़ा-थोड़ा जहर रोज पीने से।

टूटते रिश्ते

वह भी एक वक्त था जब गले मिला करते थे,
और महसूस करा करते थे रिश्तों का अहसास,
यह और बात है कि आज रह गया है,
रिश्तो में बस कड़वाहट का एहसास,
ये भी एक वक्त है।

वह भी एक वक्त था,
जब माँ के आँचल में महसूस होता था प्यार का अहसास,
ये बात और है कि आज माँ की मौजूदगी का भी अहसास नहीं है,
ये भी एक वक्त है।

वह भी एक वक्त था,
जब बाप के कंधों पे देखते थे जिन्दगी के मेले,
ये बात और है कि आज बाप के झुके वे कंधे भी नजर नहीं आते,
ये भी एक वक्त है।

वह भी एक वक्त था,
जब अपना बचपन गुजरा था एक छोटे से कमरे में,
यह और बात है कि,
हम आज उसी छोटे से कमरे में दीवारें खींचने पर तुले हैं,
ये भी एक वक्त है।

वह भी एक वक्त था,
जब बड़े भाई की सरपरस्ती में महसूस करते थे बाप का प्यार,
यह और बात है कि आज उसी भाई से उस सरपरस्ती की कीमत पूछ रहे हैं,
ये भी एक वक्त है।

वह भी एक वक्त था,
जब सारा परिवार एक ही छत के नीचे खुशी से रहा करता था,
ये और बात है कि आज वो खुशी सिर्फ,
अपने ही परिवार में सिमटकर रह गई है,
ये भी एक वक्त है।

करो अपने विवेक का इस्तेमाल

कैसा जीवन बन गया है ये सोशल नेटवर्किंग साईट आने के बाद,
निजी जिन्दगी बन चुकी है इस बेहुदा मजाक।

पहले कुछ गिने चुने अच्छे दोस्त हुआ करते थे,
और कुछ हैलो हाय वाले,
अब तो सभी ही एक ही तराजू में तुलते हैं,
जैसे हो सब ही घर वाले।

होड़ लगी हुई है कि कौन कितनी पिक्सर्च पोस्ट करता है,
मोडलिंग के कार्यक्रम को होस्ट करता है।

दोस्तों की तो बात ही ना पूछो,
सैकंड भर में बन जाते हैं इतने सारे,
पहचानना मुश्किल हो जाता है,
कि कौन हैं अपने और कौन हैं पराए।

हर फोटो और कोमेंट को लाईक करना जरूरी होता है,
जान पहचान हो ना हो मगर,
हर कमेंट को नाईस कहना जरूरी होता है।

फोटो कैसी भी हो मगर सुन्दर हर कोई कहता है,
हद तो जब हो जाती है जब भतीजा बुआ को सेक्सी कहता है।

बना दिया लोगों ने जिन्दगी को खुली किताब,
खुले आम दिखते हैं अन्दर के जज्बात।

क्या जरूरत है दुनिया को बताने कि,
कितना प्यार करता हूँ अपने बेटे और बेटी से,
ये तो मेरे अन्दर के जज्बात हैं,
ना कि कोई मजेदार कहानी है कि,
जिसे सुनाई जाए दुनिया को गर्मजोशी से।

कुछ दिन पहले एक पुराने दोस्त का मेल आया,
बोला, बेटा तेरा बड़ा हो गया होगा,
डाल दे उसकी फोटो फेसबुक पे, कि जाने जरा सारा।

सोचा मैंने मन में कि,
मेरा बेटा है ना किसी एक्सेबिशन में टाँगने वाली तस्वीर,
कि छाप दूं फेसबुक की दीवार पर और बनाए लोग उसे मशहूर।

मंशा नहीं है मेरी किसी के दिल को ठेस पहुँचाने की।
जरूरत है बस क्या गलत है, और क्या सही है पहचानने की,
निजी जिन्दगी में भी हम दोस्तों का चुनाव करते हैं,
किससे कितनी दूरी रखनी है इसका भी हिसाब रखते हैं।

फेसबुक एक बहुत ही अच्छा साधन है मेलजोल बढ़ाने का,
किस्से कितना कहना है इसका मतलब पहचानने का।

जिन्दगी में बहुत सी चीजें होती हैं,
जिन्हें नहीं बाँटा जाता हर किसी के साथ,
विवेक का इस्तेमाल करो और जानो,
कि बाँटा जाता है कुछ चीजों को किसी बहुत अपने ही साथ।

ईश्वर की अराधना

ईश्वर की आराधना भी बन चुकी है एक बेहूदा मजाक,
पैसे देते हैं धर्म के ठेकेदारों को, और करवाते हैं पूजा पाठ।

पूजा पाठ करवाते हैं, ताबिज अंगुठी बनवाते हैं,
एक भगवान् से काम चलता नहीं, सारे मंदिरों में जाते हैं।

कैसी विडंबना है ये, अराधना बन चुकी है एक दुकानदारी,
जिसके पास ज्यादा पैसा हे, पूजा की थाली है उसकी ज्यादा भारी।

ईश्वर से भीख मांगकर अगर दुःख कम हो जाता,
मंदिर का पुजारी ही सबसे सुखी कहलाता।

ईश्वर ही ने हमें बनाया है,
दुःख सुख दिए हैं, और जीवन सजाया है,
परमात्मा को नहीं चाहिए, पूजा और पैसे का चढ़ावा।
वो तो सिर्फ कारण है, हमारे अस्तित्व का,
सिर्फ यही मतलब है सीधा-सीधा।

उसने तो दिमाग दिया है शरीर दिया है, कर्म करने के लिए,
गिनती की साँसें दी हैं, एक दिन मरने के लिए।

वो तो मूक दर्शक है, जो देखता है कि हर पल हम को,
जो देना था वो दे चुका है, देने के लिए और कुछ नहीं हमको।

जब दुःख भी दिए हैं, तो इसके पीछे भी कुछ तर्क है,
कर्म और सोच की परिभाषा बदलती है, इसी का तो सारा फर्क है।

कुछ करना ही है तो बैठो सिर्फ प्रभु के ध्यान में,
ना कोई फरियाद हो ना कोई लालच,
दिशा मिलेगी जो नहीं लिखा किसी पूजा और कुरान में।

ये मेरी अल्पबुद्धि नहीं है, बल्कि मेरा देखने का नजरिया है,
कमाया है मैंने पिछले कुछ महीनों में इसको,
कुछ पाने के लिए एक सच्चा कर्म ही एक [illegible] है।

कह सकते हो आप,
क्यों नहीं अब तक पूरी हुई तेरे मन की मुराद,
कह सकता हूँ मैं भी,
की बच्चा भी माँ के गर्भ से निकलता है नौ महीनों के बाद।

परमात्मा को भी ज्ञान मिला था हजारों वर्ष की तपस्या के बाद,
तुझे तो सिर्फ कुछ वक्त हुआ है,
तो फिर क्या फिक्र करने की है बात।

कर्मों से मुक्ती

बड़ी अजीब सी बात है, भाग्य बदलने की बात करते हैं,
अनुसंधान और पूजा पाठ करवाने की दरखास्त करते हैं।

किसी को शनि पांचवें घर में चाहिये तो किसी को दूसरे घर में,
चारों तरफ पूजा हो रही है, शनि भी सोच में है कि बैठे कौन से घर में।

अनुष्ठान और पूजा पाठ देते हैं मन को शक्ति,
पर ग्रहों की चाल इनसे नहीं बदल सकती,
चाल बदल गयी तो ब्रह्मांड ही रुक जाएगा,
और समय का पहिया भी लुप्त हो जायेगा।

मुझे नहीं समझ में आता पैसे देके ईश्वर को खुश करना,
इक छोटे से गागर में समुंद्र को भरना।

बड़े बुजुर्ग कहते हैं कि परोपकार मन्त्र है एक महामन्त्र,
तो क्यों जरूरत पड़ती है अलग पूजा पाठ की,
और तरह तरह के यंत्र की।

लेकिन कुछ तो करना है, मुसीबतों से जो लड़ना है,
ये तो मौका दिया है ईश्वर ने,
ताकि इन्द्रिया और भी चौकन्नी हो जाए,
मन की ताकत बढ़े, और रेगिस्तान में फूल भी खिल जाए।

कर्म और किस्मत के संगम से ही जिंदगी की धारा निकलती है,
कमी मटमैले पानी में से मोतियों की माला निकलती है,
तो कभी शीतल सफेद पानी से झुलसाने वाली ज्वाला निकलती है।

जिन्दगी का लेखा-जोखा तो ईश्वर के हाथ में है,
किसको कितना देना और लेना है, उसी के हाथ में है,
पूजा के माध्यम से ईश्वर की सरपरस्ती मिलती है,
सब कुछ मिलता है, पर कर्मों से मुक्ती नहीं मिलती है।

ना करो ईश्वर का तिरस्कार

जब हुआ खराब वक्त चालु,
तो सोचा कि कैसे घर के खर्चे संभालूं,
पहुंचा एक पंडित की दुकान पर,
था उसका नाम हर एक की जुबान पे।

जितने भगवान हैं इस सृष्टि में है,
दिखी हर एक की फोटो पंडित की बस्ती में,
हाथों की उंगलियों में हर गृह को शांत करने की अंगूठी थी,
कहीं कुछ छुट ना जाए,
इसलिए गले में भी कोई भी जगह नहीं छुटी थी।

पंडित ने देखी मेरी पतरी,
बोला शनी की महादशा है और बहुत ही कठिन है रास्ता,
कांप सा गया में ये सुनकर,
और कहा मैंने की है क्या कोई रास्ता।

इस धरम के दलाल को था बस इसी बात का इंतजार,
बोला मुझको, की पूजा करूँगा और हो जाएगा तेरा बेड़ा पार।

जान में जान आई मेरी,
और पांच सौ रूपए की भेंट पंडित को चढ़ाई मैंने,
बोला पंडित लगेंगे बीस हजार,
बात सीधी शनि भगवान से करनी है मैंने।

बोला में बड़ी शलीनता से,
की क्या महादशा बिल्कुल खत्म हो जायेगी,
बोला पंडित, बिल्कुल तो नहीं,
पर थोड़ी बहुत समृद्धि घर में जरूर आएगी।

मुश्किल से जुटाए बीस हजार मैंने, और खत्म हुई पूजा भी,
फर्क कुछ भी नहीं आया, और पंडित ने बताया काम दूजा।

बोला पंडित, कि दोश तो तेरी पतरी में और भी है,
पूजा का फर्क तो पडा है, क्योंकि तेरी जेब में पैसे और भी हैं,
भांप गया में पंडित की बात,
और बोला की क्या करना है बताओ महाराज।

बात खत्म करता हूँ, क्योंकि सोचने की एक बात है,
गृह चाल होती है, क्योंकि जभी तो दिन रात है,
दिन रात है तो सुख और दु:ख भी है।

ईश्वर तो विराट है, और निराकार है,
पूजा पाठ तो मन की शुद्धि के लिए करो,
वर्ना ये तो उसका तिरस्कार है।

कैसे कर सकते हैं खुश ईश्वर को पैसे देकर,
और क्या करेगा ईश्वर हमसे पैसे लेकर।

ये दलाल जो दुकान सजाय बैठे हैं,
पता नहीं कितने पैसे हम जैसे गवारों से ऐठे हैं।

ब्रामांड जब जन्मा था तो क्या किसी गृह का नाम भी था,
ये तो सब धर्म के दलालों ने किया है,
क्योंकि इसी से ही इनके पैसे का इंतजाम था।

जो समझदारी का परिचय मैंने आज दिया है,
शायद कल नहीं दे पाऊँगा,
वक्त की मार जब असहनीय हो जायेगी,
तो इन्हीं पाखंडियों की शरण में जाऊँगा।

चलता हूँ तेरे कदमों के निशान पर

लोग तो लगा देते हैं पूरी जिन्दगी एक मंजिल को पाने के लिए,
हम तो सिर्फ चलते हैं उन राहों पर,
सिर्फ तेरी एक झलक पाने के लिए।

तू नहीं मिलती तो तेरे कदमों के निशानों पे ही चल देता हूँ,
मिलते नहीं जब कदमों के निशान,
तो जिन्दगी की रफ्तार भी कम कर देता हूँ।

अचानक ही महसूस करता हूँ हवा में खुशबु,
जिन राहों से तू गुजरी थी,
महसूस करता हूँ तेरे तन्हाईयों को भी,
जब रात शाम के गलियारों से गुजरी थी।

जीवन संगिनी

जिन्दगी में अगर तुम मेरे साथ नहीं होती,
तो शायद सिर्फ मेरे पास जिन्दगी ही होती,
पर जीने की ख्वाईश नहीं होती।

तुम अगर मेरी जीवनसंगिनी बनने को राजी नहीं होती,
तो जिंदगी का सफर तो किसी तरह चल लेता,
पर भागने की ख्वाईश नहीं होती।

तुम अगर मेरी कमियाँ में भी अच्छाईयों की तलाश नहीं करती तो,
शायद मैं अपनी कमियाँ जिन्दगी भर नजरंदाज करता रहता,
पर शायद अपने आपको बदलने की ख्वाईश नहीं होती।

तुम अगर मुझको हमारे ख्वाब नहीं दिखाती,
तो धन तो बहुत कमाता, पर उसे जोड़ने की ख्वाईश नहीं होती।

तुम अगर नहीं समझाती रिश्तों का महत्त्व,
तो शायद रिश्ते तो बने रहते, पर उन्हें सुधारने की ख्वाईश नहीं होती।

औरत ही है वो, जो घर को बनाती एक स्वर्ग या नरक,
तो आज, एक बार फिर कहने का मन है कि,
अगर तुम मेरी जिन्दगी में नहीं आती तो,
हर रोज शाम को घर वापस आने की ख्वाईश नहीं होती।

जिन्दगी की दिशा तो माँ और बाप ने बहुत सालों पहले ही दे दी थी,
पर फिर भी अगर तुम मेरी जिन्दगी में नहीं आती तो,
शायद इतना लम्बा सफर तय करने की ख्वाईश नहीं होती।

तुम मेरी जिन्दगी में आई, पता नहीं पिछले जन्म के पुण्य थे,
या इस जीवन में मेरी खुशनसीबी,
पर आज इतने वर्ष बीतने के बाद भी महसूस होता है,
कि अगर तुम मेरी जिन्दगी में नहीं आती तो,
इस जिन्दगी को कुछ और पल जीने की ख्वाईश नहीं होती।

जब गये दिन आराम के

जब जाना पड़ा पत्नी को दिल्ली जरूरी काम से,
तो सोचा अब आये दिन आराम के।

कुछ घंटे तो गुजरे आराम के,
अचानक ही याद आया,
कि निकलना है घर से बाहर कुछ काम से।

जाने से पहले किया मन चाय पीने का,
और फिर अहसास हुआ बीबी के ना होने का।

पढ़ा बड़ी जल्दी मेरे इस आराम में खलल,
और याद आये दिन आराम के,
आर्डर चलता था और चाय हाजिर होती थी,
और कभी कभी तो बगैर कहे भी हासिल होती थी।

खैर साहब चाय तो पीनी ही थी,
गलती तो मेरे एशो आराम में थी।

चक्कर से आने लगे कल्पना करके आगे के दिन,
संभाला अपने आपको,
क्योंकि गुजारने थे बगैर बीबी के बहुत से दिन।

शुरू हुआ इक नया अध्याय,
रसोई में घुसा और चाय बनाई।

अचानक आए याद वो दिंन,
जब चाय मिलती थी गरमा गरम,
पर सपनों में जीने से क्या होता है,
अब तो हर पल बीबी का एहसास होता है।

सुबह उठा और बनाया बेटे का दूध,
पर भूल नहीं पाया की पहले थे कितने सुख।

आज तीसरा दिन है, और दिखते हैं सपने जागते हुए भी,
और बनानी पड़ती है चाय रात को भी।

समझ में नहीं आता स्वाद सब्जी का,
क्योंकि बनाती हैं वो कामवाली,
पर कुछ कहने की हिम्मत नहीं होती,
क्योंकि वो नहीं हैं मेरी घरवाली।

जब देखता हूँ बेटे का मुह खाना खाते हुए,
तो दिखता नहीं माँ के हाथ का स्वाद,
निवाला चबाते हुए।

किसी तरह पेट तो वो भर लेता है,
और ढूंढती हैं उसकी आँखें माँ को खाना बनाते हुए।

मुझे नहीं आभास था,
कि बेटा इतना बड़ा हो गया है कि,
छुपा सकता है वो आँसू अपनी आँखों में रात को सुलाते हुए।

एक सफर तेरे साथ

तेरी आँखों से झलकते हैं जब आँसू,
सुखी तो मेरी भी आँखें नहीं रह पाती हैं,
फर्क है बस इतना,
पेशानी मेरी भीग जाती है तेरे आँसुओं में,
मेरी तो आँखें बस नम होकर ही रह जाती है।

अपने इस छोटे से घर की एक मजबूत दीवार बनना चाहता हूँ,
अपने कन्धे पर तेरे भारी मन का भार उठाना चाहता हूँ।

मुश्किल सा लगता है कभी-कभी,
और पाता हूँ अपने आपको अकेला,
जब तेरे हाथों को महसूस करता हूँ अपनी पेशानी पर,
और लगता है तू साथ में है,
और नहीं महसूस करता हूँ बिल्कुल अकेला।